柄谷行人中上健次全対話

karatani kōjin *nakagami kenji*

柄谷行人|中上健次

講談社文芸文庫

目次

柄谷行人中上健次全対話

文学の現在を問う

中途半端は嫌いだ

柄谷　中上君とは腐れ縁のようなものがあるけど、最近はずっと、まともな話はしてないね。

中上　アメリカへ行く前ぐらいは、たまに会ってたよね。

柄谷　君も忙しくなったし。

中上　アメリカへ行ったから、柄谷行人は死んだと思ったんだ。もう、点鬼簿の中に入ったと思った（笑）。

柄谷　昔は会うと、人の悪口ばかり言ってたからな。

中上　そうだね。だから、今日も人の悪口を言いにきたんだ、オレは。

柄谷　うん、やろうか（笑）。

中上　生理的に不愉快なんだよ。

柄谷　本当は、ぜんぜん面白くないんだよ。文学やってる連中とは、口もききたくないという感じなんだ。まあ実際に、ほとんど人にも会っていない。外国から帰ってきたから人に会いたくないのかなと思ったけど、考えてみたら、会いたくないから外国に行ったようなもんなんだね。根本的に興味を持てない。中上健次一人じゃないの、ぼくは時評でいろいろ言ってるけれど、本当のところはね。

中上　いや、生きてるのはオレ一人だ。そういう自覚はある。

柄谷　ところが、君が一人くらいいたってどうにもならないくらい、ひどい状態だ。エランがなくなってしまっている。

中上　たとえば古井由吉でもね、だんだん屍体処理のほうに向いていってるんだね。屍体処理じゃ、何も生み出せない。

柄谷　君は無関心なんだろ、結局は。

中上　いや、あまり読んでないんだけど、もちろん、一応は、何かについて言えっていうなら、それはやれるけどね。つまらないよ。「文体」って雑誌やっているけど、小説家なのか編集者なのか、そのどっちでもないのか、と思うね。

柄谷　要するに、中途半端なんだ。小説家でもないし、編集者でもない。何かに追いつめられてることは事実なんだけどね。そんなことなら、ぼくだってもっと追いつめられたさ。むしろ、自分を追いつめたさ。とことんまで追いつめられて、それから出てくるのが「文体」だったら、認めますよ。しかし、そうじゃない。

ここ四、五年、いったい何をやっていたのかと言いたくなる。それから、今の若い連中は、ちっともいいとも思わないけどもね。まあ、まだもの珍しいという感じですね。

中上　だけど昔と較べりゃ、あなたはかなり甘くなってるよ（笑）。あんた、いつもオレにさ、オレは年下のやつに甘いんだとか言ってるけど、たとえば三田誠広なんて、あれはレベル以下だよ。下手くそな風俗読物だな。柄谷行人が文芸時評をするなら、あるレベル以上のものをやらないと、それは嘘になるよ。やっぱり一言いるんじゃないか、これはレベル以下である、と。

柄谷　「文學界」の対談のこと言ってるんだろう。

中上　それもそうだけど、『僕って何』の文芸時評のことに関しても言ってるんだ。一言いっとく必要はあるな。

柄谷　全体の構成の中ではそうなってるんだよ、時評ではね。いちばん最後の数行で扱ってるんだから。

中上　時評するときのバランスは、そりゃあるかもしれんけどね。大人の眼っていうかさ、プロの眼みたいな、つまり小説読んだり書いたりするやつの眼というのは、やっぱり一言いっておかないと。二作目、三作目、ひどいもんじゃないか。甘ったれたエッセイも、だね。あれがなんかこう、レベルに達してると思うのは、やっぱり間違いだと思うんだよ。

柄谷　誰も、そう思っちゃいないだろ。

中上　いや、それはわかんないよ。

柄谷　そんなこと思ってるやつ、いるのか。

中上　あれは、江藤淳が褒めてたね、文芸時評で。あれはつまり見取図としては、村上龍のことをコテンパンに叩いて、それで三田誠広のことをグッと持ち上げたということだろうけど、三田ってやつは、虫酸が走るな。

柄谷　それは政治的だな。ぼくは、ひとの時評をいっさい読んでいないから、話として聞くだけだけど、山川健一という人を褒めたんだろう。

中上　山川健一っていうのは、つまりイミテーションだからさ、イミテーションの才能ってのはあるんじゃないかな。物真似の芸。

柄谷　そりゃそうだ。だけど、君は、自分一人でいいんじゃないですか。若いやつなんて、どうだっていいじゃない。

中上　オレは、全部蹴り落としちゃえと思ってる。

柄谷　蹴り落とすということは、這いあがって来てると思うことだから。

中上　あ、そうか（笑）。

柄谷　落とす必要もないじゃないの。

中上　別な山へあいつら登ろうとしてるんだな、たとえば標高十メートルとか。

中上君の小説を読むと、『枯木灘』なんかは、意味がない世界、言い換えれば罪もない世界だね。だけど、罪も何もない、そういう世界があって、しかもなんか罪の萌芽みたいなのがあるんだね。訳のわからん、意味の萌芽があるわけだ。だから、あれは自然じゃない、絶対に自然の人間じゃないんだよ。

自然と文化っていう、そういう人類学の二分法は、まるでナンセンスだと思う。つまり自然でも文化でもない、その根底にある、なんか意味の萌芽みたいなものね。そういう問題を中上君はやってるんじゃないか、というふうに思った。それを君は、性あるいは世代というところで考えようとしている。

中上　だけどね、つまりほかの連中は、やっぱりそうとう頭悪いね、小説家ってのは。しかし、いったいこういうことが、ほかの連中にわかっているのかな。今、「問題」が何であるかすらわかってやしない。

柄谷　批評家だってそうさ。

中上　批評家もそうだけどさ。それが苛立たしいんだよ、その部分てのはさ。つまり自分が頭いいとかなんとかという、そういうことじゃなくて、考えをこう、突き詰めようとしてるわけでしょ。ということは小説家なんかの場合だったら、考えることが即ち生きることみたいにつながってくるわけだろ。それをやってるのにさ、むこうの頭の悪さとか論の鈍さで、オレを小さく括る。

野間宏はまるで批評性を持たない人だけど、野間宏の言ってる批評なんか歯牙にもかけぬぐらいの批評性はオレは持ってるっていう、そういう自負とかなんとかじゃなくて、そういう在りようだよね。褒めた人たちにも、オレはそれを言いたい。つまり逆にもっとわかってもらいたいみたいな、ということは、もっとこう逆に自分が開きたいみたいな、飢えとか渇えみたいなものが『枯木灘』に書いてある、ってことだけどさ。

柄谷　わかってもらいたい、と思うか。

中上　いや、そういう渇えだよ、つまり。

あのなかで、たとえば浜村龍造という男は材木屋やってるわけだ。そうすると、その材木ってのは、つまり志賀直哉が、あれだけ頭のいいやつが、あれだけやったやつが発見したのは、植林した山なんだよ、大山でもね。もともと、山の木が落ち生えで大きく育っているってことは、絶対ありえないんだから。

そうすると、読んでくれた人の大部分は、その山を見て、自然だと言ってるわけでしょ。だけど浜村龍造にとっては、これは商品だとかさ、あるいは歴史であるみたいなね、そうなってしまうじゃないか。すると、それを浜村龍造は知ってるわけだ。知ってて、秋幸というある意味で無垢な自分の子供と対峙してるわけでしょ。

たとえば近親姦ということに対して、そんなのはどうでもいいという浜村龍造の言葉は、重い言葉だよね。自然の秘密を、あいつこそが知っているのかもしれない。これは自分で絵解きするんじゃないんだけど、そのぐらいわかってほしいんだよ。

柄谷　そりゃそうだよ。

中上　オレのことを、自然を書いてるみたいに言ってるっていうのは、つまり、ものを見てない。自分で一回も、材木でも樹木でも手で触わったこともないし、見たこともないってやつだね。そういう不愉快さね。

勉強の段階を書きたがる人々

柄谷　いや、それもあるけどさ、おそらく、そういう中上について何かかんか言うやつは、中上に較べてもマルクスも何も読んだことないんだよ。中上は土方作家であるとか、アメリカでたまたま読んだ日本の新聞で、そう言われてるという記事を読んだんだけどね。これは困ったなと思った。

　ぼくの知ってるかぎりは、君はものすごくよく勉強する人なんだよ。これはその辺の、なんか勢いだけある若いやつと、まるで違う。中上君は本当によく勉強する。しかも、勉強したことを直接は書かないからね。まあ、戦後文学ってのは、そういうことを書きたがるやつが多いんだね。

中上　勉強の段階を書きたがる。つまり作品は書いてないんだよ、いつでもね。

柄谷　批評だってそうなんだけどね。武田泰淳と花田清輝を除くと、読みかえす気もしないよ。

中上　こういうことを言うのはヘンかもしれないけど、つまり材木一本書くことと『資本論』書くことと同じみたいな、そういう認識あるよね。山を見てて、そこでオレは本当に絶句するしかないという、そうするとそれは、このまま黙ってはいないみたいな、そういう感じあるよね。

柄谷　それで思い出したけどね、アメリカでぼくは梶井基次郎について教えていて、梶井の手紙とか日記なんかずいぶん読んだわけだ。梶井は、ああいう内的な風景ばかり書いてたでしょう、「内向の世代」の先輩みたいなものだ。しかし梶井は、オレは『資本論』みたいなものを書くんだって言ってるのね。だからあれは今でも読めるんだ。つまり、あいつは『檸檬』書いたって——まあ『檸檬』の時期にはまだそうじゃないけれども——、結局『資本論』を書くつもりなんだね。そういうところがあるのね。

ほかの連中は、なんかもう難しいことを言うか、哲学を勉強した段階を書いたりするさ。しかし、何も見ていないって感じがするね。たとえばゲバを書いたって、なんにも見てない、そういう感じがあるんだね。

中上　ほんとにそう思う。古井（由吉）だってそうだよ。古井だって坂上（弘）だって、なんにも見てないし、なんにも生きてないよ。やっぱり、そういう存在ってのは、非常に不愉快なんでね。

柄谷　だから、ぼくはもう隠棲したくなる。

中上　なんでだよ。

柄谷　ぼくは、自分のやりたいことをやりゃあいいんだから、あとは知ったことかと思っている。

中上　そういう気持わかるな。じつはね、ここのとこ、「朝日ジャーナル」の仕事で取材してたんですよ。もう、うんざりした。というのは、いわゆるチマチマした作家連中とかにさ。

柄谷　そりゃそうだろ。

中上　野心がないんだよ。
　野心てのはさ、そりゃ、なになにするっていう掛け声っていうのはあるけど、つまり、本当に、ちゃんと見ることとみたいな、そういう野心ね。

柄谷　しかし、また別の野心はあるしな。

中上　文壇的な、中堅の地位を守りたいとか。オレ、そんなのつまらんと思うね。

柄谷　つまらん、まったくつまらない。

中上　だから、なんか見ることができるってのはさ、こないだ和田芳恵さんが死んだけど、ああいう年寄りの人ね。和田さんなんかも、ある意味で非常にトリックを使う人なんだ。だけど、まあオレ、和田芳恵論を書いたけど、批評家はあんまりだからな、今の批評家はさ。オレなんかは、これはいいとかってことで、積極的に書きたいんだよ。和田さんなんかでもさ、たとえば考えてみりゃ、老人の装いというものを、装いはしてるよ。つまり「ふり」ね。老人のふりをして「翁」の位置にいる。なにしろ見ようってい う、貪欲さみたいなのがあるんだね。年寄りには、円地（文子）さんにしても、小説がなにしろ自由だし、面白いと思うんだ。やっぱり、見ようという感じね。

柄谷　それはやっぱり、もう意味は棄ててるんだよね。

中上　そう、今までの一切合切、そんなものはもう、今の年齢には役に立たんみたいなね。とにかく見とこう、あるいは見ようというさ、そういうところがあるでしょ。それは、オレなんかにも共通するみたいなね。なんていうかな、体系だって、その体系の中で見るっていうんだったら、それは楽よ。つまり自前で見ようっていうのは、なんか切羽詰まっちゃってるっていうさ、そういうもんだと思うんだ。

生き急ぐ感じがする

中上　それで、オレ、こないだ死にかかっちゃった。車が横転しちゃってさ、どっと、ほんと真っ逆さまよ、熊野の山中でさ。

柄谷　飲んでたんだな。
中上　いや、取材終わって、明け方四時ぐらいに車運転して、ダーッて百キロ以上出して、次の取材地があったから、そこへ行こうと思ってね。そしたらトンネル抜けて、カーブになったらグーッとひっくり返っちゃったの。ガソリンはバンバン流れるしさ。ほんとにね、スティーブ・マックィーン顔負けの男だって言ってたよ。
柄谷　中上らしいな。誰か助け呼んだの。
中上　警察呼んだの（笑）。
柄谷　国家権力を（笑）。
中上　そう。助けてもらったけどさ。いや、危なかったからね。つまりね、そういう生き急ぐみたいな感じあるって自分で思う。それは自分が早く死んじゃうとか、そういうことじゃなくてね。なんか生き急ぐみたいな、それはあるよ。
柄谷　それは、君の星じゃないの。
中上　しようがないね。
柄谷　しようがないね。やっぱり、あんまり長生きしないんだよ、それは。
中上　オレは、とにかく八十歳まで生きようと思ってんだ。
柄谷　いや、長生きしないね。『枯木灘』みたいな作品を書くと、長生きしないよ。
中上　そういう部分とね、さっきの、死に急ぐっていうのはヘンなんだけどさ、つまり切羽詰まっていま生きてるみたいな、そういう年寄りたちに、やっぱりシンパシー感じる。ほんとに四十になるとイヤだと思うよ。四十、五十っていうのは、青年でないし、老年でもない。どんなバカなやつでも、エスタブリッシュメントの踏み絵を踏まなくちゃならないんだろうな。自覚してエスタブリッシュする行為なんだからな。なるんじゃないか。したらなんかね、いわゆる会社の課長とか、あるいは町工場の社長みたいなのに、なるんじゃないか。

柄谷　「闘う課長」ってのがいるじゃないか（笑）。

中上　いや、そうじゃなくて。いま三十一歳だけど、四十まであと十年、ゆっくりトロトロ行けばいいんだというのは、なんか違うんじゃないかって感じするんだよね。今の時代ってのはさ、それは違うっていう感じするね。

柄谷　それは、ぼく自身も、ものすごく生き急いでるって感じがあるんだけどね。あんまり先はないという感じに囚われている。だけど、中上とは会った時からずっと思ってるよ、こいつはものすごく急いでる男だってね。

中上　実際はね。しかし、時間かかってますけどね、実際は。

柄谷　君は、すごく急いでて、それでいてすごく時間かかってる男なんだね。そういうことは、他人にはちょっとわからないね。

中上　だって、十八からもの書いていて、オレがデビューするの二十二か。ちょうど、古井由吉と同じ年の同じ号だったんだよ。それで、二十二ぐらいでデビューして、二十五ぐらいまで、何回書いていってもボツだものね。そんなに、まあ手間ひまかかってるっていうかさ。

柄谷　ぼくは、君の家族にみんな会ってるはずなんだけど、それでも何が何だかわからない。こんどの小説に家系図みたいのがあって、なんとなくわかった……まだ、あれでもわかりゃしないけれども（笑）。

とにかく十年前に会ったときから、こいつはものすごく神話を持ってる男だ、なぜこれを書かないのか、と思っていた。実際に君が書いていたのは、言うなれば村上龍とか、山川とかさ、あの類なんだな。

中上　その、なんかこう先走りだったんだけどさ。

柄谷　だから中上のことを、土方作家って言うのは違うんだね。ほんとは山川とか村上とか、いまの若いやつがやってることは、君はみんなやってたんだからね。それで、そのころオレはあんまり君の作品を買ってないんだよ。「十九歳の地図」のときにいいと思って、君に葉書を出したことあるんだけどね。

中上　憶えてる。

柄谷　そのとき、君は文章からなにから完全に変わったっていう感じがしたんだな。君は、そういう自覚あった？

中上　あれじゃわかんないんだよ、あの次もわかんない。「蝸牛」っていうの書いたんだけど。

柄谷　だけど、オレは「蝸牛」よりは「十九歳の地図」のほうがいいと思うよ。

中上　それはもちろん……もちろんってことは、作家の生理ってのはさ、手のほうが先に行くんだよ。

柄谷　そりゃそうだよ。

中上　そりゃもう、頭とかは、まるで関係ないんだ。

柄谷　手だけじゃないぞ。

中上　そうか。でも、頭じゃない。

柄谷　つまり、手と離れた頭っていうのはないんだ、本当は。

中上　いや、ほんとに手が先に行くっていうさ。つまり書き言葉の場合だったら、それはもう絶対ね、しようがないもんだよ。あとでそれを批評するのは、作家の頭の役目、手を持った頭の役目だと思うんだよ。手と直結した頭の役目でさ。

柄谷　ぼくは他人事だから、君が行きつきそうな場所を「頭」でわかっていたけどね。だから、君にフォークナーを読め読めって言ったことあるだろう。

あの当時、蟻二郎に会ったの憶えてるだろう。

中上　憶えてる。あいつ、ひどい男だったな。昔の風月堂で待ち合わせして酒を飲んだけど、あいつは、不良だよ（笑）。

柄谷　そのとき君は、オレは日本のフォークナーになるとかって、豪語していた。しかし書いてるものは、フーテン小説だったんだよ。

中上　いや、本当だよ。あの頃、なに言ったかわかんないけどね。みんなそのうち殺してやる、と思ってたよ。

柄谷　だけどさ、今から考えてみれば、結局そのとき今のような素材を書けば、それこそいわゆる自然主義になってたんだよね。あの素材を、そのまま書けばね。

中上　まあ、そうだな。つまり、いろんなものが落ちちゃったね。素材と書く時機って、あると思うよ。だから、スキルフルって好きな言葉だけどね。やっぱり熟練するっていうの必要だよ、ほんとに。

『ドイツ・イデオロギー』

中上　熟練って言えば、オレは羽田での仕事を思い出すけど、知性ってのは「もの」から出てくるね。ものをここからここまで移す、知恵と混同しやすいけど、つまり知性だよ、それはね。知恵っていうのは、ここからここへ単純に転がしていくんだよね、力まかせにさ。ところが、自分の力を一としたら、それを百倍にして、こっちまでやるというのは知性だよ。知恵なんかで、できっこないんだからね。

その方法を柄谷行人が学ばなかったっていうのは、かなり不幸なんだよね、ほんとに。いや、ほんとに柄谷行人のアキレス腱はさ、ものの知性を見なかった、つまり出会わなかったってこと、やっぱりこれは致命傷だね。

たとえば、オレはほら、一ぺん会社辞めちゃうとさ、ということは職を替わりたいと思って辞めると、つまりまったく無収入になってさ、そういう状況になるじゃない。ただ金がないとかなんとかじゃなくて、生活を新たにどう一歩踏み出すかみたいなさ、そういう時点になるわけじゃない。あんたなんか、全然それないんだもの。

柄谷　ないよ。

中上　やっぱり、それはちゃんとわかってないとダメだね。

柄谷　わかってるよ（笑）。

中上　つまり、柄谷行人がそれでも間違わないっていうことは、それはコンプレックスのせいだと思う。そのコンプレックスみたいなものが、たぶんプラスに転化する回路みたいの持ってるんだよ、柄谷行人てのはね。

持ってなかったら、大江健三郎みたいになるけどね。ところが持ってるから、大江健三郎のほうに行かなくて、つまり言葉はつぎつぎに死んじゃって、つぎつぎ生きるみたいな、そういうことができると思うんだよね。
オレに一度、柄谷行人論書かせろよ。

柄谷　書いてくれよ（笑）。

中上　これはもうクソリアリズムみたいになるかもしれないけどさ、たとえば、鳥のように獣のように、ってあるでしょう。エッセイとかなんとかいうんじゃなく、その言葉ね。つまり漁師のように漁をし、狩人のように狩りをするっていうやつ。『ドイツ・イデオロギー』の中にあるんです。オレ、本当にそうしたいと思ったのよ。そう生きたい、と思ったんだよ。思いながら、働いていたよ。

柄谷　『枯木灘』は、やっぱり君の『ドイツ・イデオロギー』なんだろう。そういうことは、みんなわかってないんだ。マルクスについてもさ、『ドイツ・イデオロギー』なんか、べつに新しい哲学をつくったんじゃない。哲学者なんかクソくらえだ。
しかし、オレは中上のような書き方をしませんからね。ものをとにかく動かせない人だから。

中上　自己批判か（笑）。

柄谷　言っとくけどさ、オレはとにかく気違いなんだから、いいんだよ。

中上　それは逃げだよな、気違いだなんて言うなよな。

オレは、漁師のように漁をし、狩人のように狩りをするっていう、そんなふうに生きたいってのは病気だ、と思ってたよ。熱病にかかってたんだよ。

柄谷　オレの熱病はとにかくどうしようもない、今のようにしかできないんだよ。いよいよ、それがわかってきた。

中上　柄谷行人はどっか本当に、寡黙って感じがするときあるよ。つまりコードがまるでメチャクチャになってさ、解けなくなったっていう。しょっちゅうそのコードが解けなくなって、どうしたらいいか困っている柄谷行人を見た記憶あるな。子供が倒れてる、親はどうすればいいかって。ぼくはしょっちゅう見てるよ。もう絶望的……いや、オレも半分あるけどね。

柄谷　中上はそう言うけど、中上自身もすごく抽象的な男なんだ。

中上　だからオレ、半分それはある。

柄谷　エリック・ホッファーのこと君は言うけど、ホッファーだって非常に抽象的な男だよ。

中上　そりゃもちろんね。

柄谷　だから、ものを動かすとか言っても、あいつはまた一般の労働者と全然違うんだ。

中上　違う。ああいう男がもしいたらさ、お前さん、おかしいよって、そりゃやっつけると思うよ。もしホッファーが傍にいたらね（笑）。

柄谷　傍にいると、そういうふうには見えないんじゃないの。中上も、そう思われてたんじゃないの。

中上　まあ、そうだけどね。エピソードを言うと、ほんとにオレは昔、会社でなんかアンケートくるじゃない。オレ、字を書けないとみんなから思われてるんだよ（笑）。課長かなんかが、「中上、これどっちなんだよ」って、ナントカと読みあげてくれてね。「どっちへマル打つの、こっちか、こっちか」なんて（笑）。こっちと言うと、ちゃんとマル打ってくれてさ、「名前ぐらい自分で書け」。ずーっと羽田でそれだもの。

柄谷　そうか。

中上　いや、ほんと、どこでもそうだよ。東村山ってとこで働いてたときに、オレいざとなると書けないんだもの、そこへ行ったら。そうなるんだよね、だけど。

柄谷　そりゃわかるよ。

中上　わかるでしょ。

柄谷　わかる、わかる。オレもそういうとこあるから。そういうところは、奥さんに怒られるところだ（笑）。

中上　怒られるよ。

お互いに生意気だった

柄谷　中上君が若いころ……まだ若いけどさ、もうだいぶ前だからな。十年前か。

中上　十何年前だよ。オレがデビューする前に会ったんだもの。いま三十一だよ、オレ。二十一年八月生まれ。

柄谷　ぼくは十六年八月生まれなんだ、同じ獅子座で。ぼくが君と会ったときは……。

中上　そうだ、知ってるよ。で、泣きごと言って（笑）。

柄谷　お互いさまだ。

中上　だけど、面白かったね。ケチョンケチョンにさ、全部やっつけてやった。

柄谷　面白かったよ。そのときに中上とぼくが知り合っててさ、なんか他にこれと思うやつがいないってことが、不思議だよね。

中上　ああ、ぼくら以降ね。

柄谷　前後に誰もいないって感じが、とても不思議な気がするんだよ。そんな出会いがあっていいのかどうかってね。

中上　オレもそう思うな、偶然会って。

柄谷　偶然だものね。完全に偶然だ。あのころから、君は生意気だった。

中上　いや、あんたこそ生意気だったよ。ほんとに生意気（笑）。

柄谷　君は、そのことなんかに書いてたな。

中上　「三田文学」の編集室に遠藤周作がいてさ、オレはほら、やっぱり大先輩だって感じあるじゃない。ヘェーッて、こう笑いながらでも、やっぱり会えてよかったなってとこあるわけだよね、読んでたから。『黄色い人』とか『海と毒薬』とかさ、読んでて、ああ、この人かっていう感じがあった。オレ、ヘェーッて笑いながら見てたんだよ。バカにしてんじゃないんだよ。

その時、あんたはね、そばに煎餅があってさ、それに大胆にも手をのばしてさ、その恨みを忘れないね。一所懸命、ポリポリ齧っててんだよね。こんなに食べるなんて生意気だなあ、オレがこんだけ……いや、ヘラヘラ笑ってるのはさ、やっぱり、こっちのなんか弱みをカバーするために笑ってるわけですよ。

この男、オレがこんなに困ってるのに、勝手に取りやがってポリポリやって、オレも食いたいなあって感じあったのよ。その男が、柄谷行人なのよ。あの生意気さってのは、忘れないね（笑）。

柄谷　人のことばっかり言ってるけどね、君がまた生意気な男でさ。ぼくは、君の外見では年齢がわかんなかったですからね。なんか偉そうに言っててさ、なんだろ、このフンドシかつぎみたいなやつは、と思った（笑）。ぼくに、「君は何やってるの」なんて言うんだからね。

それが、まあ出会いですね。そういうのはほんと偶然で、ぼくもまた、この男が中上健次であろうとは、やっぱり、そのときは思わなかったよね。君も思わなかっただろ。

中上　思わない。だけどね、こっちはいろいろ飢えてるわけよ。柄谷行人は勉強家だったね。たとえば『唯一者とその所有』とか、おまえ読めよとかさ。ずっとオレ読んでね。

柄谷　それから、ホッファー読めとか、アラン読めとかさ、フォークナーを読めとか言ったけど、君は、読むとすぐね……。

中上　小説のだけはオレが言ったね、これはいいとかさ。難しいやつは、あんたがね。

柄谷　それもそうだけどさ、中上にたとえばホッファーを読めと言うだろ。で、こんど会うとね、柄谷行人はホッファーを全然わかってない、オレだけわかってる、一月もたつと、そう言って威張ってるんだよ（笑）。

君には、奇妙な吸収力があるんだよ。マルクスだって、オレのほうがわかっていると、威張ってるんだからね。君には、そういう勉強家の側面がありました。

中上　昔だよ、だけど。

柄谷　このごろは勉強してないか。

中上　してないねえ。

柄谷　ぼくもしてないけどね。だけど、ある程度のことがわかってくると、もう他のことはいいんだよね。

中上　いいんだね、本当に。

柄谷　ぼくも本は読んでないんだ。昔に読んだことを思い出して、考えているだけなんだ。

『資本論』に対応する仕事

中上　オレね、構造主義なんていっても、あんまり読んでないの。

柄谷　それは『ドイツ・イデオロギー』でいいんだよ。

中上　オレ、そうだと思う。フーコーにしても、なんかいい加減なこと言ってるけど、つまり、ああ、そうかそうかって追体験をするという、そういうものがあるね。とても生意気な言い方だけど、憑かれてあるものというのは、そういうものなのよ。

柄谷　ぼくに言わせれば、フーコーとかバルトとか、そういうのはあまり面白くないね。『ドイツ・イデオロギー』を、今ふうに書いただけっていう感じがする。

中上　そりゃそうだ。

柄谷　だから、大江健三郎なんかダメだよ。大江の構造主義なんておかしいよ。だけどね、『資本論』になるとちょっと違うんだよ。『資本論』に対応できる仕事は、今のところないだろうね。まあ、デリダくらいかな。……中上の文学は、要するにエクリチュールなんだ。それは、さっき言ってたのと同じだけども、君の素材は豊富さ、オレにはないさ。

中上　そりゃそう。

柄谷　まさしくな。

中上　だから、あんたは批評家になったんだもの（笑）。

柄谷　だけど、オレには別の素材があるんだよ。自分でもよくわからないけれどもね。それは、本を読んだだけじゃ出てこないんだからな。

ぼくは、君のだいたい書いてきた順序を知ってるからさ、『枯木灘』は大したものだと思うけれども、それは絶対に素材からきてないね。素材そのもので書けるんだったら、二十歳で書ける。

中上　そりゃそうだ。

柄谷　あれは、完全に思想的な小説なんだ。思想っていうと、まったく違うレベルで、みんな思ってるんだよね。それはほんと、どうしようもないとこなんだな。それは、思想もわからなければさ、何もわからないことになってしまう。

中上　音楽もわからないしね。

柄谷　占星術っていうのがあるだろう。あれは面白いんですよ。これは後に天文学になったわけだ。天文学になったって言うけれど、ケプラーなんか占星術師なんだ。占星術っていうのは、まず星は意味を表す記号だと考えてるわけだ。

中上　解読する意味だな。

柄谷　物質より意味のほうが早いと考える。天文学っていうのは、それから意味を取り除いたわけだ。

中上　医学でもそうよ。あれは呪術から始まって医学になるんだ。

柄谷　そうだよ。だからフロイトの夢解釈っていうやつは、実際は夢占いの復活なのね。夢は、まったく不合理だっていうのが合理主義だろう。だから、その前のやつをもう一回取り返そうとしている。もちろん別の形だけども。

世界の初めは意味なんじゃないかっていう考えは、バカにはできない。だから、ぼくが〝星〟って言うときは、べつに小林秀雄じゃなくてさ。

中上　柄谷行人の言う〝星〟ってさ、星飛雄馬の〝星〟かと思った（笑）。

柄谷　『巨人の星』か（笑）。

中上　こないだ「朝日ジャーナル」で取材してさ、伊勢へ行ったんだ。オレね、ある土地へ行くと、つまり土地の人間になるの。ウワーッと狂ってくる、催眠状態に入ってくるわけ。本当なんですよ。肉体の自分と、考える自分と、バーッと離れちゃうの。そういう状態にあると思うの。自分でわかるんだよ。絶対、ああこれやるなと思うと、やる。こういうこと起こるなと思うと、起こる。まあ、それがあるから、つぎつぎとよその土地を回れるんだけどさ。

でね、オレは自分が肉体を持った、肉体に苦しむ折口信夫みたいな気がするんだね。神社の裏に墓地があるんだよ、ものすごく大きな墓地、ワーッとあるの。そこに改善住宅があるのね。そこに立ってると、人間が、やっぱり「死者の書」で、順々にパーッと起き上がってくる感じになる。要するに、視覚として見えてくるんだもの。起き上がる人間が見える寸前までくる。

見えてるというのはヘンだけど、つまり、ぼくのなかの言葉を書く手としちゃ見えてくる。だけど実際のものとしちゃ見える寸前でさ。そういう状態っていうのは、しょっちゅうあるの。それがあるから、やっぱり書くんだね。

柄谷　ところで、君自身は、土方はやってないんだろ。

中上　うん、オレは土方の技能者とかなんとかさ。それに、土方しょっちゅう見てるし……。

柄谷　見てるだけだろ。

中上　いや、一ヵ月ぐらい土方したよ。オレは働いている連中に、「怠けもの」っていう綽名《あだな》をつけられた（笑）。

もの書きとゲバ棒

柄谷　羽田で働いていたときは、君はちょっとしたボスだよな。しかし、君はそのずっと前に、ゲバ棒かついで羽田デモに行ってんだよね。そこが三田誠広と違うんだよ。

中上　三田はオレ、そういう意味でイヤだね。何もやらなくてね。もともと、ほら、書き手として行くというやつね。

オレなんか、もの書いててもさ、その時点では全部棄てて、つまり、書き手なんかどうでもいいって感じで、バーッと突っ込んでいくじゃない。今は書き手の意識があるからさ、セクトのどこにも行きたくないっていう、もうそれは誠意だよね。その自分の誠意に対して忠実でありたいと思うよ。

三田みたいなあんなやつ、絶対に許せない。遠くで見ているのなんて、すごく楽だよ。風俗やなんかとして見るってならさ。つまりみんなそう見たけどさ、大人たちはね。やってるやつには、ああいうやつがいるってのは非常に不愉快だね。

脳ミソかなんか、叩き潰してやりたい衝動が起こるね。書くものもレベル以下だしさ、書く心情がいやらしいと思うね。

柄谷　だからさ、要するにああいうのはすべて中産階級だって思うんだよ。

中上　中産階級じゃなくてね、つまりレベル以下なんだよ。そんな言い方はいかんよ。中産階級の連中の文学はああいうもんかと言うとさ、それは違うと思うね。あれはレベル以下なんだ。レベル以下だから、ああいう言い方しかできないんだよ。つまり箸にも棒にもかからん。喋ってること自体がイヤだね。

いや、お前さんがああいうやつに塩を送ってるのが、気に食わないなあって思ったんだ。オレは、ほんとに気に食わなかったんだよ、ちゃんとやんなくちゃいかんよ、ああいう時はさ（笑）。

柄谷　中上が文芸時評やれよ。

中上　やりたくないよ。

柄谷　オレもやりたくないよ（笑）。

中上　そんなこと言っちゃいかん（笑）。

柄谷　しかし、まあ文学とつき合うんだったら、文芸時評以外にはつき合えないっていう感じがする、今はね。つまり、何かについて論じたいっていうような、そういうことはないんだよ、もう。どうせやるなら、現場で勝手なこと言ってたほうがいいって感じがする。

中上　柄谷行人はさ、つまり小説を書くか、なんか難しい……、

柄谷　わけのわからんことを……、

中上　書くか、どっちかしかないってことね。床屋談義はできん、と。それは自分でわかってるでしょ。

柄谷　わかってる（笑）。

中上　文壇政治がどうのって絶対できないから。オレだってそうだよ。そんなものさ、どう転んでもね。つき合いとかを気にするのはやっぱり傍系よ、そんなのは。文壇政治のできるやつはさ、いっぱいいるだろうけど、ほんとにダメになってしまったやつが、やるんだからさ。

柄谷　そりゃそうだよ。オレが言う中産階級ってのは、中間階級っていう意味なんだ。上と下から追いつめられて、じつに心を貧しくして、本当に狭い穴から世界を見ていて、悩んだりしている「人間」のことだ。彼らはいつも、アイデンティティとか何とかごたくを並べてないと、生きてられないやつらさ。「内面」がある、と思っている連中だ。

中上　村上龍にしても、あれは半端もんだよ。半端しかできない。

柄谷　あれは、まだ幼いよ。

中上　あれは本当に頭悪いね。『限りなく透明に近いブルー』が売れると、同じようなも

んばっかし書いて、言葉がどんどん滑ってるんだよ。あれは屁みたいな男だよ。蠅みたいにブンブン飛ぶだけの男だな。

あの中島梓なんか読んでもさ、あれいくつだ、二十五か。もうちょっと、勉強して出てきてもいいんじゃないか。どんな人間でも二十五ってのはもっと燃えてるよ。言葉がもっと鋭く研ぎすまされてるよ、二十五ぐらいはさ。

柄谷　そのかわり無名であるほかないような種類のね。

中上　もちろんね。そんなやつにしか、オレは秋波は送れないね。そういうやつがいっぱい出てきてさ。

柄谷　出てこないね。

中上　村上龍は蠅って感じだな。子供だましさ、そういうもんだよ。

柄谷　そりゃそうだ。

中上　あの想像力というか、イメージの力というのは、とても弱いね。彼は、イメージを取り除いちゃえば何もないけど、あれはフランスの小説のイミテーションでしかないな。非常に弱いって感じ。それわかんないと、彼もうダメだと思うね。わかってなきゃね。

柄谷　わかってんのかな。

中上　わかってるんじゃないかな。イメージの力が弱いってのが。でも、もう必要ないね。無理して小説を書かなくったって、ディスクジョッキーやってればいいよ。

「差異」という概念

中上　ところで、「差異」ってのはさ、どういうことなんだ、いったい。

柄谷　「差異」ってのは結局、意味の始まりみたいなもんさ。

中上　あれかこれか、たそかれみたいなもんだな。

柄谷　まあな。今、この雑誌（「現代思想」）に書いているんだから、読んでくれよ（笑）。

一口で言えるなら苦労はないよ。だけど、あえて簡単に言えば、それは同一性《アイデンティティ》ということの反対概念だからね。要するに、近代のブルジョア社会、国家、科学、経済、これはみな同一化するものだし、同一性を強いていく。人がものを考えるときには、それを自然で自明なものとして、前提してしまっている。

早い話が、世界には同じものなぞ一つもありはしない。しかし、数が存在するのは、そこに同一性を想定するからさ。貨幣もそうだ。まったく異質なものを同一視するところにある。そうすると、どの商品にも、内在的な価値があるかのように見える。人間の同一性というのも、そうさ。ところが、同一性を促進することが「進歩」ということなんだね。だから、マルクス主義者はブルジョア思想そのものだ。差別反対主義もそうさ。

ぼくは、この同一性の形而上学を根底的に粉砕しようとしているのでね、「差異」が重要な概念なんだ。しかしこれは、物騒な概念なんだよ。

ところで、君は日本の批評についてどう思う。「現代思想」ふうに言えば（笑）。

中上　批評だけを純粋に見ると、ちょっと首かしげるの多いね。

オレね、どこの批評を相手にしてるっていうんじゃないんだよ。じゃあ、オレがフランスの批評を読んでいるかって言うと、読んでやしないよ。オレは知ったこっちゃない。アメリカも知ったこっちゃない。ただ日本の人のは、まあ、ぼくのことを言ってくれる人もいるから、気にするから、なるたけ読むね。だけど、やっぱり、マスターベーションみたいなもんだな、みんな。

柄谷　世界的に、ほんとに数が少ないね。ぼくが見て、まともだっていうのは。日本がどうのこうのっていうことじゃなくてさ、世界的にね。

この前の「現代思想」で、アメリカ人の学者のインタビューに答えて、吉本隆明は、アメリカの日本文学研究者や日本研究者は絶望が足りないってことを言ってるわけね。だけど、その相手にさほどうまく通じてないんだ。異なる文化に対する理解は、一般に絶望的なものである、理解できないものである、ということを吉本隆明が言っているのだ、と向こうは考えているんだね。

だけど、ぼくの経験から言えば、本当は、アメリカ人も日本人もないのよ。頭が悪いやつと、そうでないのがいるんだよ。頭の悪いやつほど、文化の差ってことを言うんだよ。

たとえば、ぼくが誰かと意見が違うとき、それは相対性だと言うのは、気にくわないんだ。何もこっちが絶対だとは思わないけれど、そもそも「差異」が出てくるのは、もっとギリギリまでやってからのことだろう。ぼくも君もないよ、とことんまで問いつめればね。どうしようもない差異があり、むしろ、それがぼくや君なんだ。

だけど、ふつうに言う相対性なんてものは、インチキだよ。吉本隆明が、絶望って言うときには、日本のことは外国人にはわからないとかって、そういう意味じゃないはずなんだ。要するに、お前らは頭が悪いんだってことじゃないのかね。

『共同幻想論』の可否

中上 だけどね、ここで吉本さんに絡めばさ、なんで島尾敏雄いいの。

柄谷 そんなことは、吉本隆明に言ってくれよ（笑）。

中上 つまり、あの人の個性とか好みとかさ、こういうことを言うのはヘンかもしれんけどさ、批評家が外に開くものを持つっていうのは、小説の世界しかないと思う。すると吉本さんが島尾さんを、外に開くものとして見るなら、それはすごく狭いと思うの。オレは島尾さんを尊敬してるし、非常にいい小説を書いたことは認めるけど、やっぱりとても狭い。それで現代文学を測ってもらっては困るみたいな……。

柄谷　だけど中上君ね、まあほかの批評家がどうかは知らないけど、ぼくの経験から言うと、あるやつを褒めようと思えばさ、徹底的に褒めることができるんだよね。貶《けな》そうと思っても徹底的に貶せるんだね。しかも、ちゃんと首尾一貫して、まったく合理的にね（笑）。

だから、ぼくは論理性そのものは信じられないんだ。そういう選択っていうものを決めるのは何かって言うと……、

中上　好き嫌いか。

柄谷　最終的には、それしかないんだよ。

中上　それはわかるよ。わかるけどね、そのへんが吉本隆明の、つまり偏向だよな。そうすっと、吉本隆明の偏向だけで閉じこもっちゃうよ、あの人。

柄谷　そりゃそうだよ。だから、本当のことを言えば、吉本隆明のほうが島尾敏雄より偉いんだよ（笑）。

中上　いや、偉いというんじゃなくて、もっと見てると思うんだよ。つまり、あんなに切なく、島尾さんを言わなくていいよ。あの人の、好悪の判断みたいなさ、生理的な機構まで踏みこんでしまうかもしれんけどさ。

柄谷　それはだけど、やっぱりまあ、しがらみみたいなもんだな。

中上　しがらみはわかるよ。わかるけどさ、それですむのかいってことよ。

あの人は、悪いけど二三んが四よ、吉本さんはね。二三んが四でやっていくっていうんなら、二三んが五が、あるかもしれんじゃないか。

柄谷　いや、吉本隆明は、二二んが四をひっくり返そうと思っているわけだろう。

中上　そうだけども、結局のところ、二二んが四じゃないか。「対」っていうのは一と一とが対だけどさ、言葉として対だよ。言葉として、われわれはたまたま使ってるよ。ところがね、一と一がやって、三を生んでるかもしれんし、五を生んでるかもしれん。あるいは、そういうことを言えん状態を生んでるかもしれん。それは文学よ、つまりね。それをオレは、みんな書きたいわけだ。島尾さんも書きたいんだよ。

そうすると、吉本さんみたいに、つまり「対」みたいにそれで切っていくと、とても困るんだよ。諸関係と言っても、対だけの関係じゃないんだってことね。対が、つまり別な対を生んで、別な形をつくっちゃう。そういう形だってあるんだから。

柄谷　そりゃそうだ。そうなんだけれどもね、ぼくは吉本隆明がどう言っているかは別として、対幻想っていう問題は、とにかく時間でもいい、歴史でもいい、そういうものを根本的に生む〝差異化〟の問題だと思っている。これは、フロイトが持ったものすごい認識なんだ。フロイトからそれを取ったら何も残らないくらいに、重要なんだ。

中上　いや、こういうことだよ。オレは『枯木灘』という小説を書いているけれど、もちろん吉本隆明ふうに言えば対幻想だね。つまり兄と弟、あるいは兄と妹っていう対幻想だけどさ、オレは、違うと言いたい。そんなもんは役に立たんものがあるんだってことを、言いたいんだよ。『共同幻想論』を、オレはむしろ認めたくないってことなのよ、オレの言いたいのは。

柄谷　君の考えはマリノフスキーみたいなもので、吉本隆明の考えは、むしろ近代の産物だって言うわけだな。

中上　そうだよ。

柄谷　だけど、それはフロイトだって、一九世紀末のウィーンのユダヤ人の家族を中心に考えたのだからね。人類学者は、フロイトを批判しますよ。ユングのほうがいい、と。だけど、それは人類学者が間違っているのさ。フロイトのものすごさを知らないんだよ。

なぜ、性が核心になるか。ぼくの考えではね、とにかくまず初めに、あるズレが起こった。だから、人間はひっくり返ってできたんだろうね。意味の萌芽もそこにある。しかし、それは、「労働」ということからくるのではなく、やはり「性」からくると思うんだ。

たとえば、親と子という「世代」は、動物にはないだろう。およそ「時間」というものさえ、このズレ、ディフェランスから生じると言うほかない。すでに親がある、子があるってことは、制度なんだよね。自然じゃないわけだ。まったく不自然なわけだ。すでに二二んが五なんだ。そのひっくり返りはどうして起こるかと言えば、それは、人間はなぜ人間なのかというようなものだ。構造主義は、そんなものは問わない。〈制度（文化）と自然〉と言っていればすむ。しかし、フロイトは問うんだ。『共同幻想論』で、ぼくが買うのは、結局フロイトへの理解だよ。しかし、誰もそんなこと知りはしない。それに今の吉本隆明自身がどう考えているか、ぼくにはわからないからね。だいぶ変わってきているように感じるけどね。要するに、ぼくのほうでは、ぼくが買う部分だけ買っているのであってね。しかし、重点の置き方を変えると、全体の批判にもなりうるんじゃないかとも思うんだよ。

アメリカは人間の実験所

柄谷 君は、このごろよく外国へ行ってるんだろう。外国について、どう思うの。

中上 いや、オレ、こないだ初めてフランスに行ったの。やはり違うな、と思った。つまり、石がバーッとあるんだよね。フランスってのは石なんだな、と思ったね。若い連中は、こんなものぶち壊したいと思うだろう。しかし、できっこない。そうすると当然、歪むよね。それだな、と思ったね。

柄谷 ぼくは、四年ぐらい前に、たまたまマルクスの生まれた所へ行ったんだよ。マルクスの家は、いまやドイツの学生運動のおかげで記念館になっている。その前は、実際にマルクスという名前の商人が住んでたんだけどね、ぜんぜん関係ないやつが。すぐ隣を見たら、便器売ってんだよ、ほんと（笑）。もう一つの隣は忘れちゃったけどね。
つまり、マルクスが生まれたなんて言ったって、百五十年前だよ。百五十年前の建物が、そのまま残ってるんだね。今は便器売ってるんだよ（笑）、ものすごいと思った。その時はちょっとショックだったね。

中上　たぶん、そのショックの質と、オレがああ、オレはこの前では絶望だなと思った、それとたぶん一緒だと思う。

柄谷　それからもう一つ思ったのは、とにかくマルクスが亡命してロンドンへ行くだろ。ところがベルリンなんかへ行くよりは、モーゼル川を下って、ロンドンのほうがずっと近いんだからね。

中上　簡単に行けるんだろ。そうなんだよ。あそこなら亡命って言葉が生きる。日本なんかで亡命ってありえっこない。「亡命」って言葉なんかないんだ、もともと日本は。

柄谷　ないんだよ。

中上　その違いね。

柄谷　日本人から見れば、マルクスが亡命したっていうと、すごいことみたいに見える。だけど、全然そうじゃないのね。

中上　東京から大阪へ行くような感じだよね。

柄谷　東海道五十三次より簡単だ。

中上　だから、思想といってさ、あまり難しいこと考えずに……。
柄谷　逆に思うのは、ヨーロッパはそういう狭い所なのに、哲学がまるで違うぐらいに分かれてるでしょ。アメリカには、そういうものはないよ。緊張がない。
中上　つまりアメリカ文化はものすごく浅いんだよ。あすこは何もないんだよ。実験所にすぎんから、人間の。たとえば感性でも知性でも、実験所にすぎん。文学なんて全部そうだよ。フォークナーでもね。
柄谷　要するに世界市場だね。マーケットなんだよ。
中上　そうだ。
柄谷　だから、フランスだったらフランス人がゴチャゴチャ言ってる、ドイツだったらドイツ人がゴチャゴチャ言ってる。アメリカって所は、それがないんだよ。しかもアメリカ人という実体は、ないんだ。ドイツ人がいる、フランス人がいる、黒人がいる……。
中上　たまに日本人がいる。
柄谷　たまに日本人がいる。オレはその一人なんだよ。
中上　日系アメリカ人、日系日本人。
柄谷　日系アメリカ人ってことでもないな。
中上　あなたは、そういう意識で行ったろうけどさ、ところが日系アメリカ人という意識で行こうとしたの、いっぱいいたんだよ。

中上文学の差異性と肉体性

柄谷　そう言うけどね。誰でも、たぶん長くいるとよくわからなくなってしまうところがあって、それがアメリカのヘンなところだ。

ぼくなんかでも、住んでいた家の周りでは、ぼくらがアメリカの市民権をなぜとろうとしないのか、不思議がられた。考えてみれば、市民権をとる、ただそれだけのことで、すでにアメリカ人なんだ。それは覚悟とか、そんなものじゃないな。

しかし、日系アメリカ人も、本当は尋常じゃないようなものがある。ぼくは、このあいだアメリカの日系文学について書いている人から聞いたんだけど、たとえば『破戒』の丑松がテキサスへ行くだろう。あれは、決して解決にも何にもならないと言うんだね。

中上　どうして。

柄谷　つまり、日本人はアメリカで徹底的に差別されている。その日本人のなかで、部落はさらに差別される。するともう、彼らが行くところはなくなってしまう。

中上　二世の話を読んでもそうだね。

でも、『破戒』ってのは、島崎藤村のいちばんダメな、作家精神のいちばん衰弱した部分がつくったと思うね。脆弱なんだよ、あれは。島崎藤村がもうちょっとしっかりしていれば、現存の差別制度は、部落はもっと深くて厚いんだってことがわかったはずだ。つまり、被差別者は差別者なんだ、ということを知るだろうな。彼らは差別するんだよ。これは、ヘンな意味じゃないんだよ。

文化的レベルでは、いわゆる差別者っていうのは、レベル以下なんだよ。わかるかね。そういうことをわかっていないと、まるきり何もわかってないことになる。文明も何もわかってない。アメリカのテキサスへ行こうが行くまいが、ね。

柄谷　まあ、文学の根本は、差別という問題と結びついている。だけど、それはいわゆる差別問題とは違うんだ。だから、それは差別と言うより「差異」と言ったほうがいいんだな。今の文学にエランがないのは、みんな同一性のなかで考えているからさ。「差別反対」だって、同一性の主張なんだからな。文学は、それをひっくり返すものだよ。物騒なものだ。

それから、中上君の小説を自然主義だとかって言う連中は、君の小説には農民がまったく出てこないってことが、わかってないんだな。日本の自然主義っていうのは、農民なんだよ。

中上　そうだな。

柄谷　君のは、農民は絶対に出てこないんだよ。農民てのは、差別する連中なんだからね。

中上　なるほど。

柄谷　日本の近代文学ってのは農民でできてるんだよ、今でもね。都市と言っても、石みたいなものはないんだ。そうだろう。君のは農民じゃない、絶対にね。

中上　稲をつくる農民じゃないな。

柄谷　だから、土と言っても農民の土と全然違うね。君のは、土方の土だろ。

中上　うん、面白い。

柄谷　君が『土』とか『あらくれ』と違うのはさ、農民の土がないからなんだ。人が安堵したり、アイデンティティ（所属）を感じたりするような土じゃないんだ。それが君の文学の差異性だし、肉体性だと思うよ。

〔「現代思想」一九七八年一月号〕

小林秀雄を超えて

なぜ小林秀雄に衝突するか

中上　今日、小林秀雄を丁寧に、そして大胆に論じてみたいと思ったのは、自分がこれまで小説を書きながら、さまざまなことを考えてきて、抜きさしならぬところに到った、という自覚からなんです。いつごろからか再び、いま世間で言われる文学というものなり、小説と言われているものなりを考え直すことを続けているわけです。それが、ちょうど三十二という、年齢の不思議さにもひっかかっているんですね。

具体的な自分の作品に即して、その抜きさしならぬ道筋を言えば、「岬」という先行作品（芥川賞受賞＝一九七六年）を書き、つぎにその一年後に『枯木灘』という長篇小説を書いた。長篇小説の常なんでしょうが、急にいろんなものが、抜きさしならない状態になってしまったわけです。

そのすぐ後だったのですが、「朝日ジャーナル」での、安岡（章太郎）さんや野間（宏）さんらの差別鼎談に出、そのことも契機になったのですが、差別という問い、自然という問いを持って紀伊半島を経めぐり、話を聞いてまわるドキュメントの仕事をしました。『紀州』という本です。それに重なるようにして、長篇とはまったく違う二十枚ほどの短篇連作集『化粧』を編みました。これは、ことごとく日本の古典に出典を求めてあるものです。さらにその後、『水の女』という連作を出した。

その他に、今も継続してたくさん抜きさしならぬ状態で小説を書いているんですが、自分の見えている小説なり文学なりと言われるものを、さらに考えつめようと思って、「國文學」という雑誌で、「物語の系譜」をやっているわけです。

小林秀雄に衝突するのは、具体的に言えば、そこからです。衝突する、ぶっつかるというのはどういうことか、あとで順々に述べようと思うのですが、この今の日本には、文学と物語という二つのものがあるんじゃないか、という考えなんです。

物語を考えつめると、これは際限がない。その際限のない終わりのない物語を、根気よく追いつめていこうと、正直、今いろいろ勉強しているところです。言語論は当然だけれども、数学とか分子生物学までやらなくちゃいけないのだ、という自覚はあります。

ところで、ふり返って見てみますと、どうしようもなく澱みたいに重なっているものが、われわれ作家と呼ばれる人間の作品に付着している。それを、とりあえず「人間中心主義」であり「文学主義」である、と言います。それが蔓延して、どうしようもないボケた状況になっている。

これは、少し違っているんじゃないかと思って考えつめ、「文学」というもの、絵というもの、音楽というもの、さらに古典を考えてみると、このボケた状況、「人間中心主義」や「文学主義」のイデオローグとして、近代批評の創出者である小林秀雄が見えてくるわけです。

小説を書いている者が衝突する小林秀雄と、批評、いやもはや批評という言葉ではないかもしれんジャンルにいて仕事をしている、柄谷行人の見る小林秀雄は違うのかもしれないが、今日は、相撲でいう恩を返すつもりで、完膚なきまでにこの近代のイデオローグを批評してみたい。

柄谷行人もそうだろうけど、ぼくも、もの心のつく書きはじめの頃は、まるで自分がそのまま小林秀雄だと言っていいくらいに、たくさん読んだんだよ。たとえば、遊びまわっている頃も、それから羽田に行って働いている時も、小林秀雄というのは、自分の中で進路を取れる羅針盤みたいな感じで存在していた、ということをどうしても言っておかなくてはならないけれど、ところがまさにオレは、同じところにとどまって「中庸」だと取りすましているほどの齢じゃないし、『枯木灘』を書いてから、ますます中庸がイヤになってきた。

たんに熊野、紀州出の男という、血の気の多い気質からとでも言えないことはないが、さながらまるで紀州出の弁慶が手あたり次第に本を読んだみたいに、中庸というものに乱暴狼藉を働いてみたくなった。不思議な男だな、と自分でも思う。同時に左翼の連中と一緒にいろんなことしてまわっていたのを止めて、結婚して食えなくなったからだけど、その時、できたかどうかはわからんけれども、あえて、マルクスの『ドイツ・イデオロギー』を読んでみようと思ったんですよ。

　羽田へ働きに行ったのは、ジャズを日がな一日耳にして遊びまわり、

　そういう過程で同時に読んでいた小林秀雄は、今から思えば、極端にマルクスに近づけて読んだと思う。


柄谷　ぼくも君と同じように、昔は小林秀雄をよく読んでいた。ぼくはまあ当然として、君は、昔から妙に批評ばかり読む男だったよな（笑）。

　もちろん小林秀雄ばかりでなくて、吉本隆明も江藤淳もよく読んだ。それで十年ほど前には、ぼくには、日本の批評が小林秀雄から始まっていて、その中でもって互いに対立しさえもする、さまざまの要素の発展・拡大のように見えたし、またそのように書いたこともある。

　ところがある時期、五、六年前から、何となくそれに違和を感じ始めたんですね。それは部分的に始まって総体的になった。つまり、日本の批評が小林秀雄という一つのパラダイムの上にある、ということが見えてきた。たしかに吉本隆明も江藤淳も、それぞれ小林秀雄に対立するだろうが、それらも含めて、結局一つのパラダイムがあって、そのパラダ

イム自体に違和を感じ始めた。というより、猛烈に嫌悪をおぼえ始めたんですね。

今のぼくには、もう小林秀雄について論じたいほどの興味は少しもない。ただ君が、しばらくアメリカに行く前にハッキリさせておきたいことがあって、それが小林秀雄の問題だと言うとき、それはよくわかるような気がする。

というのは、ぼく自身、現在の君のようにアメリカに行こうとしていた頃、「毎日新聞」のインタビューで、小林秀雄の批評は白樺派から出てきた、だから白樺派における「人間」とか「自己」とか「世界」という観念の成立に遡って、ひっくり返したいと喋った憶えがある。むろん、別にそのことを向こうでやったわけじゃなくて、全力を集中したのはマルクスの問題だった。

しかし、君が言ったように、マルクスを読むことと、そういうことは、実は密接に結びついているわけだ。それで現在では、小林秀雄がどうの、白樺派がどうのということではなくて、むしろ小林秀雄というプロブレマティク、あるいは近代の「文学」とか、「人間」とかいうものの制度性を、根こそぎ問題にしようということになってきている。

だけど、一つ不思議でたまらないのは、君やぼくが、どうしてこういうことになってしまったのか、ということなんだよ。

中上 その気持はぼくにもありますが、ぼくに関して言えば、まわりがそうなったんじゃない。自分がそうなって、そういう所に来てしまったんだ、という認識がありますね。

確かに、あなたが対話「マルクスと漱石」(『ダイアローグ I』所収)の中で言っているように、ぼくにも今、小林秀雄は対立する相手ではないんですよ。対立するという同じ「文学主義」に立った差異の隠蔽ではなく、小林秀雄を読みこんだその人間に、若さや過剰さや向上心があったために、そこにとどまらず、「対立」という親和の基盤そのものを壊した、ということです。いや、その基盤そのものを疑う、ということです。

だから基本的に、彼を敵として反対するとか、彼の批評というものに反対する、ということではないわけです。

『私小説論』で「社会化された私」という彼の名言があるわけですが、私小説の根ざすものはつまり「社会化された私」だ、と耳にすると、なるほど「諸関係の総体としての私」ともつながるなと読み直し、考え直すのですが、ところがこれも、言われている基盤を見ると、つまり思考の停止、思考の寸足らずに映るわけです。近代の文学主義、人間中心主義の基盤で、彼は「社会化された私」という考えを導いているわけです。

この『私小説論』はつまり、私小説が本来読まれてしかるべき方向ではなく、その逆のほうからしか読まれていないんですよ。私小説の中にある「私」というものが成り立った軌跡を、あたかもなかったもののごとく目をつぶり、小林秀雄もまたサギをカラスと言いくるめるように、近代的な私、自我、自意識、あるいは神に対する私の側からしか、読み論じていないと思う。

これは、ハッキリ間違っていると言えます。日本の中に流れる物語、あるいは日本語そのものに対する考察を欠いて言われる、文学主義の基盤上の発言だけに、度しがたいアフォリズムとしか言いようがないわけです。

というのは、小林秀雄に大きな錯覚があるわけです。小林秀雄の論は、凡百の鈍い私小説論より、新思想のマルクスを導入しているだけにさえてはいるが、ぼくなどが大事な遺産だと思っているものを、横から割って入って、勝手に処分してしまうようなことをしているわけです。「社会化された私」、つまり社会というもの、私というもの、それが日本に以前からあったもの、日本語がどうしても創り出してしまうもの、という錯覚がありますが、これは違います。「私」も「社会」も、外来のものに与えた翻訳語ですね。

つまり、もともと日本には物語しかなかった。文明開化といわれる明治期に、キリスト教と結びついた西欧種の近代がやって来て、キリスト教と重なるような形で入って来、その翻訳語としての文学、異物としての文学が、始まったんですよ。

柄谷行人も、転倒が起こった明治期を「告白という制度」(『日本近代文学の起源』所収)で論じていることだし、物語を考え続けているぼくも、あなたの仕事から啓発されながら考えていることなんですが、小林秀雄は錯覚しているわけです。

今、小林秀雄の私小説論を覆し、私小説という遺産をとり返すためには、まずとりあえず、私小説は「物語」のほうから論じられなくちゃいかんのだ、と思うんですよ。外来種のキリスト教＝近代とくっついた文学のほうから読まれ、まさに言われなき差別を受け、追い落とされた神のように身を小さくしている私小説を、物語のほう、つまり日本語のほうから論じなくてはしようがないんです。

例に、瀧井孝作を出してもいい。若い者から見ると、ビックリすることが起こっているんです。物語のほうから見ると、つまり言語や物語に対する小説家の際限なしの闘いみたいなものが、私小説の中に拡がっている。ものすごく面白いわけです。

そういう具合に、物語のほうから私小説を捉えていくという形は、小林秀雄を突き抜けてしまうことだと思うんです。思考の寸が足りないというのが批評であるなら、批評は死んだということだろうし、彼というゴムの弾性限界が、たとえば一センチなら、本を乱読し、ものを考えはじめた弁慶というゴムの弾性限界は、わからない。あなたの好きな言葉を使えば、エンドのない伸び方をする、終わりのない伸び方をする、というわけです。

というのも、私小説作家たちが、非常に緊張したもの、恐ろしいものに向かいあっている、ということの認識が、同じ小説を書くぼくにもあるからなんですがね。

柄谷　「漢意《からごころ》」と「交通」

「突き抜ける」という言い方は、いいな。

小林秀雄を、はじめから問題にしない人たちがいます。けれども、それには一つの盲点がある。小林秀雄の批評は、たしかにヴァレリー、アラン、ベルグソンの影響下にあるし、フランスの批評が変わってしまえば、小林秀雄も古くさく見えるのは当然だ。しかし、そういう批評だって、そのうちまた変わるんだから。

すると、小林秀雄の問題は、とくに「近代」の問題じゃなくて、日本という地理的・言語的な条件が強いる問題なんで、誰も通りすぎることなんかできやしない。それを免れていると思うのは錯覚で、いずれは罠にはまるんだよ。そしてまた、小林秀雄を批評することは、そのような条件そのものを問題にすることだと思う。だから、内在的に突き抜ける批判以外はダメだ、と思うんですね。

ぼくは最近、「交通について」(『内省と遡行』所収)という小林秀雄論を書いた。君はよくわかっているけれども、交通 Verkehr という概念は、マルクスが『ドイツ・イデオロギー』で、分業という概念とともによく使ったもので、交換、交易、コミュニケーション、生産関係、戦争といった広い意味を持っている。英語で言えば、インターコースだから、性交も交通なんだよね。

どうしてマルクスが、交通とか分業とかいった概念を必要としたか。それがどんな意義を持つか。今ここで君に説明する必要もない。ただ、君もぼくも交通という言葉をこのところ頻繁に使うので、困っている人たちがいる(笑)。

だから、簡単に言うと、歴史には「目的」も「意味」もない。「必然」も「中心」もない。それらは、いつも後から意味づけられたイデオロギー・形而上学だということ、そう考えたときに、「分業」と「交通」という視点が出てきたんですね。

さしあたって、小林秀雄の『本居宣長』に関連して言うと、日本という島国には、コースはあってもインターコースはなかった、という条件が見えてくる。このことには、どんな必然もない。まったく地理的なものだからね。もちろん西欧にだって、どんな必然もない。地中海という交通の場があっただけです。

しかし、そのことに絶対的な意味を見出すところに、ヘーゲルを代表とする西洋中心主義がある。マルクスにとって、世界史は理念じゃなくて、現実に「世界交通」によって実現したものにすぎない。ところが、日本の場合にも、この偶然性に絶対的な意味を与えようとする基本的な傾向があって、それが宣長だと思うんです。

小林秀雄の『本居宣長』は、ぼくにはまったく面白くもない本です。この本のポイントの一つは、本居宣長と、君が最近書いている上田秋成との論争に対する、小林秀雄の視点にあると思うんですよ。

中上　大人《おとな》小林秀雄を話題にするには、さまざまな角度も、題材もあるんですが、まず『本居宣長』を考えると、ぼくは基本的にこういうことを言いたいんですね。

本居宣長とか上田秋成という人たちは、古典を読んでいる者にとって、そんなに遠い人じゃないわけなんですよ。たかだか二百年か三百年ほど前の人たちでしょう。その人たちを小林秀雄は論じているんだが、どう見たって秋成のほうが面白いんですよ。というのは本居宣長が排した「漢意《からごころ》」というものを、上田秋成は持っている。「漢意」、それがマルクスの言う交通という部分だ、と思うんですよ。認識の磁場における交通だと思う。

小林秀雄には、「漢意」を排するという本居の考えがちょうどよかったのかもしれない。小林秀雄には、それは単なる「様々なる意匠」かもしれんけれども、ところが、それがこの人を表してもいる。それを「意匠」として排したことによって、交通を自分で遮断する。つまり交通を遮断するということは、思考の背丈が伸びることを停止することだしね。自分の身もだえを遮断し、「中庸」に置くこともできる。

ところが、宣長は「かかりむすび」の文法を考えたが、その文法が、まさに「漢意」たる中国から朝鮮を伝わって渡来した漢字によって組織づけられたことを抜かしているし、文法そのもの、言の葉、言霊そのものが交通の産物であり、交通そのものだということを、考えていない。

もちろん当時の事情はあるが、しかし小林秀雄がやっていることは、古事記を本居が注解したものをさらに訓詁するということで、古事記にあった交通、その交通をなんとか「日本」古来のものとして言いくるめようとする本居の交通を、さらに訓詁し、思考の停止を奨めているようなもののわけです。

さらに、小説家の気質から言えば、本居というのはイヤなんですよ。非常にイヤで、松坂というのは伊勢のすぐ近くだけれども、それこそ秋成が、「伊勢乞食」と言った言葉がまさにぴったりの人物だと思う。卑しいんだね。たとえば、士族に身分をくら替えするということなんかでも、法制度の枠組の中で、きいたふうな口をきいていると思ってしまう。

秋成は本居と論争したが、秋成にあるのは、自分が法制度であるという人間への、穢多ではないかと噂されている者の側からの、差別の打ち返しだね。論争すると、批評家たる本居たちのほうがうまいから、結果的にやられるけど、その被差別者秋成を見ていると、ボソボソボソボソ、何を言ってやがるんだい畜生と言っているが、政治をできないから、声が低いんだな。これも小説家から見れば、いいもんだね。てやんでえ、と呟きが聞こえてくる気がする。『胆大小心録』なんていうのも、本当に心というものがあるなら、雫がポトッ、ポトッと落ちるような苦い文章なんです。

秋成は、ぼくから見れば実に大きな存在です。たとえば本居と論争した、つまり交通したということもあっただろうし、それにあの当時の大坂は、それこそ交通の坩堝《るつぼ》のようなものだから、考え方に、絶えず日本を中心にするような、調子のいい面はない。中国、朝鮮、というものが入ってくる。抵触する。絶えず抵触しちゃったということが、とても面白い。

そんな物語の抵触者が、二百年前に生きていたというのは、衝撃ですね。そういうものを作って、今、二百年後のぼくなんかに衝撃を与えるという意味、それは何だろうと思うんですね。

柄谷　そうね。秋成が、この日本という島国が、他のあらゆる国とは違って唯一なものである、というようなことなどありえない、だいたいどこの国を調べたって、同じような神話はあるじゃないか、というようなことを言った時に、それは今の見方からすれば、当り前みたいなことなんだけれどもね。しかし秋成は、当時としては例外的に、「交通」が何たるかを理解していたんだと思う。

ところが小林秀雄は、「このやうに書いてくれれば、もはや明らかであらうが、秋成の論難の正確さなどいまさらとやかく言ふことはないのである。問題は宣長の側の秋成を憤慨さした徹底的な拒否にある。なぜそこが問題かといふと、この拒否のない所に彼の学問もないからである」と言うんだね。しかし、これは巧妙なすり替えです。

なぜなら宣長は、何も追いつめられて「不条理故に我信ず」と言っているんじゃなくて、鎖国に馴れきった、その時代の「常識」に支持されていたのさ。秋成のほうが、自分を追いつめている。彼は「正論」を吐いたんじゃないんだよ。

中上　それ故に、本居は鎖国の当時のイデオロギーを作ったのだが、秋成がもたらすような衝撃はないですね。本居を読んで、この「日本」という物語にすり寄ろうとする面白さはあるが、衝撃は与えない。本居が徹底的な拒絶によって学問を守ったというのは、鎖国そのものによって増長された鈍感さからですよ。

この『本居宣長』に、さながら小説みたいな冒頭部があり、折口信夫を枕にふってるよね。まさに物語をくっつけていますが、折口信夫が、「本居は『源氏物語』ですよ」と顔を真っ赤にして言ったという、その部分の反省が、小林秀雄に欠けていますね。これは、本居が秋成を拒絶したことと、同じではないんですか。

柄谷　それで、ぼくが言いたいのはこうだ。秋成と宣長の位置をすり替えてしまうところに、小林秀雄の自己弁明があるんだよ。

彼は戦争中、神国日本を不条理ゆえに信じようとしたんだろう。あらゆるさかしげな批判に反して、神国日本をオレは信じるのだ、と。そして戦後になって、「オレはバカだから反省しない、利巧な人はたんと反省するがいい」と言った。しかし、戦争中にそんなことを信じたって、安全なものじゃないか。

むろん戦後の左翼に、小林秀雄を批判できる資格なんかない。それは、彼らが戦争中に何を書いたか見れば、わかる。にもかかわらず、小林秀雄は「常識」をバックにしていたんだ。秋成のような人の批判を、黙殺できる場所にいたのです。そうして、秋成のような人を、さかしげな批判者に仕立てあげ、逆に宣長のような人を、さかしげな合理主義に抗する真に知的な人間に仕立てあげる。実はまったくその逆に、秋成の批判は、合理的なものどころか、「不条理なもの」から来ているんだと思う。

鎖国の思想

柄谷 中上君は、このあいだの物語論の中で、秋成を「中国人」、「被差別者」と呼んでいたよね。それは比喩だけれど、秋成にとって、宣長が暗黙の「制度」として映っていた、ということだろう。秋成の宣長批判は、追いつめられたものなんだ。それに、秋成は堂島の生まれだろう。大坂商人のど真ん中にいるわけだよね。彼は、いわば「交通」を知っている。日本の「外」というものがある、という感覚は、たとえ鎖国の時代でも、まだ生きているわけです。

秋成の宣長に対する批判でも、あんたが言ってることは、日本の漢学者をやっつけてはいるけれども、シナ人に向かって言ってないじゃないか、という言い方をしている。向こうの連中が聞いていると思って書いてない、と言うんだ。

たとえば自然科学者にとって、「交通」は当り前のことで、たえず相互的な関係と蓄積の上で仕事をしている。今ごろ独自に結核菌を発見したって、ダメなんだ(笑)。ところが、小林秀雄によれば、このような交通の「拒否のない所に彼の学問もない」と言うんだ。それでは、彼には学問なんかありえない。もちろん宣長自身は、べつにそういうわけでもないから、これは小林秀雄の主張にすぎない。だいたいが、契沖は、サンスクリットという表音文字を知っていたわけだし、国学そのものが交通の産物なんです。この場合、自然科学と文化科学は違うなどという俗説を、ぼくは信じないね。まったく同じだよ。いつだって、「外」の連中が聞いているんだと思って書かなければいけないんだよ。いつも外から借りるだけは借りて、日本独自の文学だの思想だのと言っているかぎりは、みな本居宣長の一派に入ってしまうんだ。

中上　そうですね。ぼくは、こういうこと言えるんですよ。そこまでくると、つまり小林秀雄と保田與重郎とか、小林秀雄と坂口安吾とかを比較してみたいんですが、その同時代の人間である坂口安吾には「外」があったですね。梵語とかを勉強してみたり、要するにアジア、さらに先のヘレニズムなどからの視点のようなものがありましたね。保田與重郎にも、法制度の中庸みたいなものを取っ払って、言霊の運動みたいなものとして日本はある、という位置付けがあったと思う。それはたぶん、八紘一宇みたいな形にもつながると思うんだけれども……。小林秀雄には、その八紘一宇すらもないんですよ。ということは、日本語でわれわれは物を書かなければならない状況があることから、日本語の持っている他の言語とは違う特性を、まるで宿命みたいに背負ってしまうことで、そうした日本語をどうしても考えてしまうわけです。

たしかに、日本語はマイノリティの言語なんです。この島の中でしか通用しない言語で、他へ行ってもまったく通じない。これはもし、このあいだの大戦で、日本がアメリカを占領していたら、必ずや日本語をアメリカで、どの学校でも教えていると思うんですがね（笑）。戦争に何のせいか敗けたんだけど、もし何のせいか勝っていたら、われわれは向こうに行っても平気で日本語を話して、それこそ世界言語としての日本語を使って、やりとりができる。日本文学もどんどん外に出て行く。まさに交通だよ（笑）。

戦争の意味は、交通の意味でもあるんだけれども、保田與重郎の言の葉の運動は、中心すら陥没しているので、さながらブラックホールとかホワイトホールのようなものが、ボコボコできてくる。小林秀雄は、そうではない。

さらに坂口安吾のように、アジアのほうからこっちを見るということもない。つまり、ほかの言葉を知った耳で日本語を聞いてみる、あるいは見てみる、という目すらもないのがわかってくる。小林秀雄はフランス文学をやったらしいが、物語としての言語を文学としての言語に、強引に枝葉を切りとって収めたみたいな気がするんですよ。

そうすると、この人の「中庸」は、ことごとく、思考の遮断というか、あるいは交通の遮断になる。一億の人間がこんなふうに交通を遮断し、小林秀雄ふうに物を考えていると、もともと交通の坩堝として出発してここまで来た日本なんて、必ずたちまち潰れてしまうことになる。

柄谷　文字通りそうだよ。宣長にもあるし、小林秀雄にもあるのは、とにかくナショナリズム以前の根本的なオプティミズムなんだ。それは、どんなに物が外から来ても、絶対に根底を脅かされない、ということですよ。これは、たとえば朝鮮だったらそうはいかない。東南アジアだってそうはいかない。外から来れば、もろともにやられるわけでね。一切合財が潰されるわけでしょう。

それに較べて日本というのは、何が来ても、絶対にそこまでは行くことがなかった。常に、「様々なる意匠」にとどまる。つまり文化的影響にすぎない。様々な意匠、あるいは漢意が、どんなに一時的に強くても、根本は絶対に揺がない、ということなんだよね。ところが、そのことは……、

中上　ウソなんだよな。

柄谷　ウソであるし、また、それはたまたま日本がこういうふうな地理的な条件にあったという、偶然性にすぎないわけだよ。偶然だけど、事実としてそうであった。歴史学は科学であるかぎり、そこになんらかの法則性を見出そうとする。しかし突きつめていくと、日本史は、事実としてそうであったという他なくなる。何も必然的なものはない。

小林秀雄が結局言いたいことは、オレはその事実性を信じる、ということなんだよ。それが、小林秀雄の言う「宿命」ということだろう。ある者はAになれたかもしれないし、Bになれたかもしれないけれども、事実としてAであったということは、驚くべきことで

ある、というふうなことを「様々なる意匠」で言っている。それとまったく同じ弁証なんだ。

たぶん本居宣長には、そんな逆転はなかったはずだよ。それは小林秀雄の「解釈」なんだ。それをむりやり宣長に読みこもうとしている。鎖国時代の日本人は、べつに小林秀雄のような弁証を必要としなかった。少なくとも小林秀雄は、偶然性ということを知った上で、それを絶対的なものに逆転して、「我信ず」と言っているわけだ。

しかし、小林秀雄がむりやり信じこまなくても、日本人はもう体質的に、日本は特殊な国で唯一な国だと思っている。そうでしょう。それに対して、小林秀雄はジャスティフィケーションを与えているだけなんだ。

中上 絶えず交通らしきものが現れると、それこそ漢意として斥けようとする。

柄谷 そうそう、そうなんだよ。

中上 それは、たんに日本というものに対する処し方だけではなく、その思考の固着、アジア化は、小林秀雄のマルクス読解や音楽や絵画や骨董にも当てはまるね。

思考の固着は、鎖国時代の日本の影響だね。鎖国時代に、町人文化が畿内を中心に熟したが、宣長も小林秀雄も、鎖国する側に身を置き、熟そうとしていないんですね。まだ織田信長とかなんかの時は、「外」というものはあったよな。鎖国の時、そんな思考の固着のスタイルが植えつけられたんだろうね。そう考えてくると、小林秀雄は徳川幕府のような気がしてくるが（笑）。

最近、交通ということで言えば、面白い本を読んだんです。高取正男という学者の書いた『神道の成立』（平凡社）という本ですがね。神道とは、仏教が渡来してからハッキリしてきて、いま考えられている神道とは、明治期になって、外来種のキリスト教＝文学＝国家というものがやって来た頃にできあがったものだと考えさせる、じつに魅力のある本なんですが、これも交通ということを使える。

さらに民俗学では、『青銅の神の足跡』（集英社）という谷川健一の本も、画期的な仕事です。これも交通を追っています。古事記や日本書紀と他の外国の神話との比較も、その民俗学の仕事に触発されて読んだんですが、たとえば吉田敦彦の『ヤマトタケルと大国主』（みすず書房）に詳しく比較される神武とケルト神話、神功皇后とインドやローマの神話の比較を、どう捉えるのだろうか。

いろんなものを、唯一日本のものと錯覚しているのですが、交通としての日本しか、ありうるはずがないと思うんですよ。もともと日本のものだと思っているものなどがあるなら、それは鎖国の時代の産物で、他は交通でしかないんです。朝鮮のものであったり、インドのものであったり、アジア一帯に広がっていたりするものなんですよ。

それをすべて無視して、つまりことごとく歪めて、事実をちゃんと見ないで、小林秀雄は、たとえば歴史なら歴史を言っているわけです。いや、美だとか、天才だとか言っているわけです。「灰皿の美しさ「花の美しさというようなものはない」という有名な言葉がありますね。花が何であるのかというようなものはない」というようなレベルで言っているんですが、花が何であるのか、花が一体どこから出てくるのか。交通を遮断した、チャカチャカのホンコン・フラワーしか見えない近代人の小林秀雄に、花が花であるゆえんをわかるはずがない。花こそが、交通じゃないか。聖と賤を環流し、浄と濁、光と闇、ここと彼方を同時に持つ、その交通の坩堝じゃないか。

間違いを言わないプラトニスト

柄谷 小林秀雄の言う歴史は、つまり線的《リニア》だね。彼には隠蔽とか抑圧とか、あるいはその累積された構造が見えない。古代なら古代へ、すぐに直観的に迫れると思っているんだ。本当は一つ一つ、隠蔽された結節点を解きほぐしていかなくちゃいけないんだ。

中上 だから小林秀雄は、基本的に「日本的」なものがわからない。物語を熟知していないし、過敏じゃない。それからもう一つ、そうかといって、こんどは交通のレベル、あなたが「小林秀雄論」で片カナふって言っている知《サイアンス》、その意味での科学とおよそイコールで結べるような知性の部分、これすらもないんです。つまり両方ない。

そうすると彼の「中庸」とは、すべてがそこから導き出されると思うんです。たとえば骨董にしても、半可通ということになります。小林さんの骨董は、物がある、判断停止して疑うことなく信じろという形ですが、所持している物をもし偽物だと言われ、気が動揺したなら、せいぜい彼がやれることは、どっかに小林さん自身が書いていたけれども、良寛かなんかの掛軸を偽物だと青山二郎あたりに言われて、一刀両断で斬り捨てるとか、そういう形です。

たしかに、それは小林秀雄らしい態度です。ところが、その恰好いいことは、彼のアフォリズムと見まがわれかねないような、ああいう文章の詐術みたいなものと一緒だと思うんですよ。バサーッと全部ごまかしを斬ったとしても、それだけで、彼の骨董に対する態度は変化しない。玩物の玩ぶべき物が、依然として中庸のまま見えないだけです。

柄谷　それはたとえば、「真贋」なんていうのもそうだけれども、要するに正しいか間違っているか、というところで真理を考えている。これはハイデッガーが言っていることだけれども、そういう真理概念ができたのは、プラトンからなんだよね。ギリシア語の原意では、それは存在するものの「隠れなさ」ということだけど、プラトンにおいて「正しさ」ということに転換している。

小林秀雄は、根本的にプラトニストなんだ。永遠なるイデアを求めている。彼は自分の書いたものを削り、書き加えて、どれもこれも同じようなものにしてしまう。「正しい」

ことしか言おうとしない。だから、読むと退屈なんだよ。彼は、永遠であるような文章を刻もうとしているわけだけど、テクストの永遠性があるとしたら、それが多義的で読み換え可能、というところにこそあるんだ。

戦争中に書いたものだって、その通り残しておけばよいのに、一体いつどこで書かれたのかわからないように、書き直してある。彼は永遠たらんとしているけれども、そんな文章はテクストにならない。なぜなら、一つの意味しかないんだからね。読み返せもしない。どれを読んでも同じなんだから。彼のテクストは、意識的に管理されている。

われわれが昔の作品を読むときに、正しいとか間違っているとかで読みやしない。間違っているとしても、間違い方そのものに意味があるんだ。ところが、小林秀雄の作品はそうではない。

中上　そうなんです。この間、ぼくは折口信夫を「國文學」で論じたのですが、折口信夫を読んでいても絶えず、あれは本でつくる金太郎飴みたいなものですが、小林秀雄もそういう印象はありましたね。

金太郎飴みたいで、どこを切ってみても、同じ文章の構造みたいなものがあるから、逆にまたころっとまいってしまい、気づくと、小林秀雄そっくりの文章を書いているような時がある。エピゴーネンを生みやすい文章ですが、この金太郎飴スタイルを踏襲しているのが、秋山駿ですね。考えていないけど、考えているふりをして、いくらでも書ける。

折口もほとんど金太郎飴ですが、これは少し小林秀雄と違います。というのは、物語には定型というものがありまして、どうしても紋切り型になってしまう必然があるからですが、さらに折口は、もっと謙虚です。したがってその金太郎飴は、ある一点を指しているんです。

つまり、文学の手垢にまみれたものをぬぐって物語をとり出し、さらに遡るわけです。語源をいつも探っているわけです。どんどん探っていって、マレビトにぶつかる。マレビトとは、交通の別称です。マレビトは異文化、異文明を持ってくる。その交通の時を、絶えずその金太郎飴は指しているわけですよ。

ということは、折口はイデオロギーにならないんですね。学問に関しては絶対に自信持っているんだけれども、その交通に関しては、あるいは知《サイアンス》のレベルみたいなものに関しては、柔軟で謙虚だったと思うんです。イデオロギーを創り出さないと思うんです。

小林秀雄は、だけどイデオロギーを創っています。当時威勢のよかったプロレタリア文学をひねってみたりして、いわゆる「イデオロギー」的なものを倒しはしたと思うんですが、そうやっている過程において、思考の固着が起こった。つまり、イデオロギーというのは思考の固着だと思うんですよ。

柄谷　ぼくが最近読みたいのは、何でもいいから情報データがある本です。どんなにつまらないものでもいい、とにかく情報が入っていればいい。

ところが、この『本居宣長』には、何の情報もない。それは問題じゃなくて、小林秀雄の思索のあとを辿ることが大切だ、なんて言うバカな連中がいるかもしれないけど、冗談じゃない。本を読むのは、こちらが考えるためであって、こちらを考えさせないものはダメなんだ。

ぼくはその点で、小林秀雄が遠まわしにやっつけている現代の国文学者や歴史学者のほうが、まだしも読んで面白いね。彼らは、怪しげなところで怪しげに考えているんだ。しかし、科学というのはそういうもんじゃないか。

ぼくの疑問はね、小林秀雄が十数年もかけてこんな本を書くのなら、なぜ本居宣長自身がそうしたように、古事記や古代文学を自分で研究しないのか、ということにつきる。「事実そのものにぶつかる」ということについておしゃべりせずに、どうして自らそうしないのか、と。

だけど、それを始めると、とめどがないんだ。自己完結的で永遠なる作品どころか、すぐに古くなってしまう作品しか書けない。しかし、それでいいじゃないか。ベルグソンだって科学者であって、そのレベルで仕事をしたわけだけど、それ自体は古くなっても、読み換えられるテクストとして残っている。

だから、宣長をやるよりは、古代史をやったほうがいいんじゃないか、と思う。古代史を、なぜ自分でやらないのか。そうしたら、間違えるよ。それでいいじゃないか。それなのに、絶対に間違わないようなことしか言わないようにしている。しかもぼくは、それが結局はことごとく間違っている、と思うけれどもね。宣長だって、すぐれた科学者だよ。だからちゃんと間違ったことを言ってるし（笑）、大したものだよ。

中上　だから宣長は、そういう面じゃ小林秀雄より面白いことは面白いんです。鈴の音が脳波に与える影響みたいなことを、研究したりしているんですよ。医者だから、そういう部分というのは、いわゆる知のレベルというのは、柔軟性はあると思うんだよ。

ただ、これは、本居を調べてみればわかると思うんだけれども、彼のそういう漢意とかというのは、ある階層つまり武士にくっついて、だんだん羽振りよくなってくると知《サイアンス》がなくなり、考えが固着するんですよ。たとえば山口組の親分（笑）、田岡とかいうのが、人に義理を掛けた、掛けられたと言っているうちに、ついに自分も身動きつかなくなるとか、それと一緒のことだと思うんですね。

制度としての文学

中上　「文学」と「物語」とは違う、という先ほどの話に戻ると、文学というのは、柄谷行人も書いているんだけれども、「告白」という制度と関る。

だいたいからして、人間とか、愛とか、真理とか、真実とかの、さまざまなものはキリスト教の言葉なんですよ。読者もみな、キリスト教を受け入れる当時のブルジョアふうな階層だったと思うんですよ。たとえキリスト教などと無縁でも、小説読んだり文学を考えたりする者らは、キリスト教にいつ入っても不思議じゃなかったはずです。その時のその尻尾は、ずっと今もついてまわっていますね。

作家も読者も、ブルジョアであり、知識人であり、自分たちは醒めているんだ、という考えがある。日本を、たんに遅れたもの、古いダメなものという具合に、たとえば大衆を見ていたと思うんです。大衆との乖離に悩んだりしたが、もともとそこに大衆などないのさ。連中は、キリスト教に入らないバカな偶像崇拝者というふうに、人を見ていただけなんですよ。

小林秀雄と母上の話を見れば、それは、キリスト教信者と偶像崇拝者という構造なんですよ。文学主義の最たるものだと思うんです。真実はある、真理はある。それにさらに輪をかけ、真理が固着し、動かなくなってくる。だからそういう小林秀雄が、じゃあ谷崎（潤一郎）をどう論じられるかというと、谷崎は文学主義とか、人間中心主義なんてまったくない物語系の作家ですから、論は当然にして鈍くなります。

もちろん、ぼくは谷崎を崇拝しているが、谷崎の物語に対しては、たくさん不満はある。たとえば、物語で、サクラ（桜）と言えば、谷崎はやっぱり飾りつけるだけのきれいなもの、としてしか取ってないんです。

ところが、折口も言っているように、サクラというのは、何かを占うものなんですね。たとえば稲のその年の状況を占うとか、生命を占うとか。古代人は、今みたいな花なんて、思ってないんですよ。非常に怖かった。サクラがハラハラと散るのは、非常に怖いものなんです。もし桜が、自分の運命の現れだと思ってて、ハラハラと風が吹いて散っていくというのは、ものすごく怖いもんです。

ところが、そういう「物語《モノカタリ》」と言ったほうがいいサクラは、『源氏物語』を境にしてなくなり、そこから谷崎潤一郎になってくると、きれいなもの、つまり、花は桜、魚は鯛、というそういうものとして物語が固着してくる。すなわち振幅が狭くなってくる、決定的なダメさ加減があるわけだよ。やっぱり谷崎さんはダメなんだなと、古典とひき較べると思ってしまう。

ところが、この谷崎さんは、日本でいわゆる近代と同時に入ってきた文学、キリスト教と同時に、一緒に手を組んで入ってきた文学というものとはまるで違う、物語の系譜の作家なんですよ。

文学より、物語のほうが怖いんですよ。ちょっと考えてみても、物語とは、肉を斬らせて骨を斬るというように、文学すら物語に取りこんでしまうような法＝制度でもあるんです。それをどう捉えるか。

小林秀雄から始まった批評は、物語に関してことごとくネグってると思うんです。それこそあなたの言うプラトニズムみたいなものによって、小林秀雄は物語に目をつぶり、たとえば文学として西行を解析していくわけです。都合よくまな板に乗せたんだから、それは割れますよ。

文学主義者たちは、物語をとりあえず隠蔽させようと、言文一致をやったりしたのですが、いかんせんここに来てボロを見せはじめた。キリスト教的であり、ヨーロッパ的でありすぎて、信じるものは救われるという歌しか詠えないような状態になってきた。文学としての俳句、文学としての短歌――俳句は文学かという論争が一時期あったみたいですが――辟易しますね。文学としての音楽、文学としての絵画、そんなものは痩せていくだけなんです。

つまり、ぼくが言っているのは、一神教としての文学と物語との交通はありますが、それを一神教としての文学のほうに加担するのではなく、多神教的に、文学を排して物語を探し、さらにその物語を迎え撃とうということです。

もちろん、物語というと、このぼくもすぐ物語にされてしまう強い装置なんですよ。物語しか用はないというのが、今のぼくの気持ですが、なにはさておき今こうして蔓延している文学は、潰さなくてはしようがないと思っているんです。

柄谷 ぼくが今、日本のことでやってるのは、明治二十年代から三十年の初めにかけての、転倒ですね。それは、ことさら転倒だとも思わないような自明性としてある。しかし、その自明性がものすごい転倒だということを、いろんな角度から考えてるわけだ。たとえば、「風景」と言えば、誰でもそこにあると思うよね。しかし、明治二十年までの日本人は、「風景」なんか見ていなかった。「風景」というものは、ある内的な転倒のなかで、創り出されたものなんだ。あの『奥の細道』にしても、芭蕉は、べつに風景を見に行ったんじゃない。彼は過去の文学の上でしか、ものを見ていなかった。すると、「風景」に馴れた眼で、芭蕉を読んではダメなんだ。同じ「人間」がいると思ってはならないんです。

小林秀雄にとっては、それがみな同じなんだ。まったく白樺派的センスだね。それがけっして見ないのは、われわれにとって自明であるような、「風景」、「表現」、「自己」、「人間」というようなものが制度である、ということだ。誰も制度とは思っていないけど、制度そのものです。

不可視の「転倒」

柄谷　最近考えているのは、昔『意味という病』という本を出したけど、その反対に「病という意味」についてなんですよ。具体的には『不如帰』（明治三十一年）を扱うんだけど、これがなかなか面白い。

簡単に言うと、この作品で初めて、病気が意味として存在するようになったんだな。それまでも結核はあったけど、それはロマン的な意味を持たないわけだから。だから、結核が現に蔓延したから、そういう作家が出てきたのではなく、むしろ意味としての結核が蔓延したんだ。とにかく「第三の新人」なんて、みな結核じゃないですか。悪いけど、あれは、なりたかったからなったんだ、と思うんだよ（笑）。

最近の医学者でデュボスという人は、結核は結核菌という「病原体」から起こるというのは間違いで、「病原体」という考えこそ、神学的イデオロギーだと言っている。すると、ぼくの言うことも、まんざら間違いではない。だいたい結核になりたがった連中は多いんですよ、ロマン派の連中。

中上　なれなかった連中もいるんだな（笑）。太宰（治）なんか、そうでしょう。わざわざ、病院の下水をすくって飲んだとかいうんだから（笑）。

柄谷　田中英光みたいに、さらにその真似をしても、なかなか病気にもなれなかった頑丈な男もいる（笑）。

ところが、正岡子規なんかは、結核だけれども、そこにことさら何の意味も与えていない。「苦しい」と率直に言っているだけなんだ。それは普通の病気なんだね。結核だという特別の意識はないですよ。まあ、そういうようなもので、その間にものすごい転倒がある。それが、ありとあらゆる所で連関的に生じている。われわれが当り前だと思ってることが、全部そこで制度として出現してるんですよ。

ぼくは、それを今、集中的にやっているけれども（『日本近代文学の起源』所収）、実はもっと根本的な転倒が、前にあるわけだよね。それは、古代に中国の文字・法制度が日本に来た時に、起こっている。結局はその問題をやらないとしようがないけれど、その前を固めておかないとダメなんだ。

たとえば「江戸文学」と言えば、西鶴と言うけれども、これは明治二十年代に見出されたようなものですよ。「国文学」というものによって、西鶴のリアリズムなんてことを言うようになっただけで、実質的には江戸時代には存在してない。だから、過去を見るといっても、「文学」で見ているわけですよ。ものを見る眼の制度性を疑わないかぎり、過去なんかいくら見たって見ていない、ということですよね。

同じことは、古代についても言えるんで、宣長という人は「古の道」なんて言っても、文字が入ったあとで形成されてしまった眼でしか、見ていないわけだね。吉本隆明は、（賀茂）真淵を評価するんだが、真淵のことを、文字が入ったあとの音声と、それ以前の音声が違うということがわかっていた、と言うんだね。

宣長が、音声として詠われたと考えた古代歌謡は、実は、文字なくしては絶対に不可能なような構成度を持っている。もともと文字の衝撃が韻律を創り出した、というわけだ。それなのに、文字以前にそのように詠われたと考えるのは、結果を原因ととり違えている。「始まり」が、「終わり」に媒介されていることが、わからないんだ。
いずれ、この問題をやろうと思っているけど、さしあたって、明治二十年代の遠近法的倒錯をやっている。君がいま物語論でやってるのは、もっと前のものでしょう。ぼくは、まだそこまで用意がないですね。

中上 ぼくの場合、用意しようにもできないのが現状ですね。ぼくの場合は自分の書いている小説があるから、言ってみれば、小説家が小説を書く時はこんなことを考えながら書くんだぞ、と暗に叫んでいるみたいで、自分の小説を自分で否定して、偏向をさらけ出すみたいですがね。

柄谷 それはそうだろうが、日頃は、用意があるかのように威張ってるじゃないか（笑）。秋成は、好きだから読んでたものの、ほかの人のは読んでも足しにならないから、読まなかった。

批評家と小説家

中上 批評というのは、批評家はどういうつもりで書くのだろう。柄谷行人の仕事を見ていると、批評が何なのかと思うが、さながらツァラトゥストラのようにわれわれはいる（笑）。一貫して、柄谷行人は知《サイアンス》を追っているが、ぼくが最も感心しているのは、物語というものに熟しきった状態でいる、ということなんです。文学などは、チャチなもんなんですよ。

小林秀雄で批評は始まり、小林秀雄で批評が終わると思うんですが、というのは物語に批評はあるかと考えれば、批評という物語があるだけで、それは物語をズラす物語ということと一緒になる、と思うんですよ。三段論法みたいだけど、それは、ぐるっと別の方向に円を回って、小説と批評が同じ磁場に出てきた気がする。だって実際に今、世間に横行している批評書くより、とりあえずどんなものでも、小説を書くほうがむずかしいことは確かですよ。

だが、小林さんの「女とポンキン」「一つの脳髄」は、小説家として見ると、まったく感心しない。あ、こんなもの書いていたの、と思いますね。若書きということを考えれば、ずいぶんうまいし素直だし、才気も見えるが、基本的に認められないと思うのは、あの神経しかないような自意識の文学ということです。他人のうごめく船に乗るあの自意識は、告白という制度がある文学なら可能だが、物語では、貧血症みたいなものになる。

ダイアローグ、つまり私が内側に向かって私とは何かと問うのではなく、相手に尋ねられ、答えるダイアローグが必要なんだ。つまり、またぞろ交通になるんだけれども、小説は交通の産物なんですよ。

自分に真理は存在しない、ということ。極端に言えば、私自身も存在しないみたいなね。私は私であるか、という問いは存在しない、ということでなくちゃ主人公は導き出せないことは、わかっているんです。ダメなんだよ。私というものがもし発動されるなら、それは要するにダイアローグが起こって発動されてくる。小説は、そういう磁場なんだな。

柄谷 小林秀雄は、小説家になれない人間が批評家になる、という神話を創ってくれたんだよ（笑）。

ぼくは、そんなレベルで批評を考えてない。批評が、いま現に文芸雑誌に出ているようなものであったりするなら、オレは批評なんてやらないよ。

中上 もう、批評家の悪口も言いたくない。ただ、ときどき批評家に、小学生の娘が持ってくるような通信簿を送ってやりたくなるね。よし、ややよし、ふつう、がんばろう、もっとがんばろう、ってとこに丸をつけただけで、郵送するのさ（笑）。がんばっても、ダメなやつはダメだけど（笑）。

小林秀雄の〝ランボー体験〟

中上 詩のことについて言えば、妙に唇が寒くなるというのがぼくの今の状態だけど、というのは、小説でデビューする前、詩を書いていたんですよ。ある時、それが散文に移行したというより、もともと並行していて、いつの間にか詩を書くのをやめたんですがね。小林さんと同じように、〝ランボー体験〟みたいなのがあるんです。

もちろん、そのランボーも小林秀雄訳で、物心つきはじめてから絶えず読んでたみたいな記憶があるんです。堀口大学訳とか村上菊一郎訳、他に今ではたくさんの訳が出ているんですが、なにしろ小林秀雄訳がもっとも好きだった。というのは堀口さんのも村上菊一郎さんの訳も、文語調だったので、破壊力がないみたいな気がした。そこからも、小林秀雄のランボーを論じる、とば口を見つけることができます。

つまり小林秀雄には、ランボーは、破壊的なあんな訳文に表れた〝散文〟というふうに確実に見えたはずです。マラルメみたいな、言葉の物語がすごく完璧に強いという、たいへん強力な韻文の中にいて、ランボー体験をやった。そしてランボーを読むショックを論じていますね。すなわち、その時ランボーを読んで、「ランボー論」を書いたというあたりで、散文に対する自覚みたいなものが始まった、と言えるわけです。それがどういうふうに自覚されていったかが、ぼくは問題なんだと思うんだよ。

ということは、自分のことに近づけていくんだけれども、韻文の抑圧のすごく強いジャンルをやっていたわけですが、やってる時に、ランボーという、ものすごく破壊的な少年に出会ったわけですね。ランボーは絶えず、自分は見者でなければならない、私は他者である。つまり私は言葉であるみたいな、そういう原言語というような問題に、どうしても行き着いちゃう少年だったわけです。

「ワード」と言っても負けちゃうような、どうしようもなく絶えず狙い定めなければいかんし、そこを狙わないと、全部こちら側が迫《せ》め落とされるし、すべて通俗に堕してしまい、それこそ原形を模倣するみたいな形になってしまうような他者を、ランボーは問題にしていたわけです。それで小林秀雄は、その破壊の熱量みたいなものを、自分自身の、マラルメに代表される抑圧の強い、いわゆる詩というものに向けたんだ、と言うんです。

ところがぼくは、まずそこを疑うわけです。つまり、そうやって壊したと言っても、彼が飛び出した所は、ランボーの、私は他者である、あるいは、錯乱や見者のレベルではなかったんです。言い換えれば、法制度の抑圧が取れたという程度の所へしか出て行かなかったんではないか、と思うんです。

文語文脈から口語文脈みたいな、それから現代文脈という、そういうものの自由さみたいなものを、小林秀雄はランボーから知ったんだろうけれども、それは弛緩ではないかとも思いますし、散文に定型があるという、あるいは小説に定型があるという非常に怖いことを、気づかなかったと思うんです。

柄谷　君は、小林秀雄のランボー体験なんて、信じてないだろう。

中上　信じてない。

柄谷　信じてないだろう。

ぼくは、あれはよくできた物語だと思うんだよ。たとえば、ランボーはボードレールの自意識の球体を出た、というようなことが書いてあるね。ラスコーリニコフは球体を出た、マルクスは出た、誰は出た、すべて同じなんだけど、それは「自意識」の問題なんかじゃなくて、言語の問題なんだ。

マルクスは、ドイツ語という世界から出たんだ。文字通りそこから出たんだよ。彼は、ロンドンで仕事をしたわけだ。ニーチェもドイツ語を呪い、インド＝ヨーロッパ語そのものを呪っている。デカルトのコギトですら、自明なものじゃなく、アムステルダムで考えたわけだよ。

たとえば、ランボーはフランス語をいやがっていたんだ。だいたい、サンボリスムはみんなそうなんだけれども、英詩に憧れたわけだよね。英語のあの自由奔放さ、乱暴さ、ジョン・ダンとかシェークスピアみたいな野蛮さをほしかったのですよ。フランス語みたいな、秩序化された言語では、とにかくどうしようもない。貧血だ。オレはこんなところから出たい、ということなんだよね。ランボーは結局、アラビアへ行く。あれはフランス拒否なんですよ。

そうなると、小林秀雄のランボー体験というのは何ですか。

中上　小林秀雄がランボーやったのは、交通でもないし、窮極的な言語の問題でもなくって、ある非常な抑圧から自由な所に出ただけみたいな気がするんですよ。

柄谷　ところがランボーにとっては、フランス語そのものが制度として映っていた。

中上　ランボーはラテン語をやってたでしょう。それが、法制度の抑圧の強いフランス語で詩を書いている。当然、破壊したくなると思う。フランス語は、日本語などよりはるかに規制が強いですね。男性名詞、女性名詞などがあったり、リエゾンしたりするでしょう。

逆に日本語は、驚くほど自由な、伸び縮みする構造を持っている。漢語に日本語読みするために漢字を送ったり、漢字をくずしたりしてカナができたという、まさに交通の痕跡がくっきり残ったもので、たとえば今でも、ストライキと言うのをストと略して日本語化して、「ストする」とか「今日はストだから」と使う。デモンストレーションも、「デモ」と略して日本語になったとたん、デモする、今日はデモと、語尾を変えなくても使えるわけだね。

柄谷　君がアメリカに行くのだって、自分の中にある、というよりも「自分」そのものをあらしめている言語を、ひき剝がしたいということだろう。

小林秀雄が学んだようなフランス批評というのは、どれも洗練されて、きれいに整ったフランス語なんだよね。しかし、それはまったく鎖国的な貧血状態の産物にすぎなくて、戦後になると、そのことが露骨に現れてくる。新しい血が、生理的に要求される。戦争に負けたほうのドイツの哲学と生硬な概念が、ボンボン入ってくる。その結果として、今のフランスの批評なんて、昔から見たら読むに耐えないような醜いものなんだ。
だいたい日本人がフランス文学に傾斜したのは、明治末からだけれども、このへんから「文学」になっているんですよ。「文体」というような考えも、この頃からだ。漱石の文章の自由奔放さに代わって、貧しい「文体」が現れた。「文体」の背後に、「人間」があり、「精神」があり、「天才」がある、という形而上学だね。
文体というのは、誰かが「創造」するんじゃなくて、過去（記憶）にある文例の引用・組み合わせ・変形でしかない。「創造」というのは、ハロルド・ブルームというアメリカの批評家が言っているんだけど、過去のテクストの誤読であり、あるいは既存の文例の異種結合が生む過剰性なんだ。それなのに、「精神」があり「天才」があって、その自己表現として「文体」がある、というような転倒があった。小林秀雄の批評が、それだよ。

中上　だから、ここでは（坂口）安吾の「教祖の文学」を思い出すのですが、天才がいたとしても、その苦闘、つまり法制度と闘い抜いたが結果的に文体という枠組にくり込まれてしまったということ、もっと破壊していびつに作ろうとしたのが、体裁よくうまく作ってしまったという苦渋みたいなもの、その部分への想像が欠けているんです。

柄谷　小林秀雄は、天才には見える、見える者には見えるなんて言うけど、テクストはそういうものじゃない。小林秀雄は、いつも〝テクスト〟を殺してしまうんだ。死体だけが本物なんですよ。たとえば、彼はよく解釈を排して物を直観せよと言うけれども、解釈ということの不可避性と問題性をわかっていない。

君は、『枯木灘』という自分の作品について、いつもあれこれ言うよね。それは解釈し直すことなんだ。というのも、『枯木灘』が不透明なテクストとしてあるからだよ。天才中上健次には一挙にものが見えたなんて、大ウソだ(笑)。

中上 蒼く澄んだ空を見る宮沢賢治のこの罰当りの眼を小林はわかんない、と安吾が言ったことと、やっぱり同じだと思うんですよ。われわれだって、十分に罰当りさ。

上田秋成が『雨月物語』の序で、物語を書いて触れちゃいかんものに触れて、紫式部のように地獄に落ちるかもしれない、『水滸伝』の作者のように三代にわたっておしの子が生まれるかもしれない、と言っているように、そのくらいのことは覚悟しとかなくちゃならん罰当りなんだぜ。それがわかんないんですよ。いいことしていると思っているんですよ。

柄谷 安吾が小林秀雄について、彼と囲碁をやった時の話を書いているんだけれども、小林秀雄は喧嘩っ早そうだからすごい碁を打つだろうと思っていたら、本当に定石通りしか打ってこなくて、弱くてしようがない。彼の批評もそれと同じだ、というふうに書いてるんだね。それは正確な観察だと思うよ。ぼくの囲碁は、中盤が強いんだ(笑)。型を踏んでやるという、小林秀雄はそれだな。奔放に見えるけれども、本当は小心翼々なんじゃないのかね。

それは、他人を気にして、という意味じゃなくて、いわば偶然性に耐えられないんだ。

中上　それで柄谷さんの碁は、終盤はどうなんですか。

柄谷　ぼくは四段位だから、けっこう強いよ。だけど定石に弱いんだ。それがぼくの特徴なんだよ（笑）。

戦争――小林秀雄と保田與重郎

中上　ちょうどその碁に関して言えば、ここのところ小説を書くのが忙しいんで、編集者の顔見ると煙にまいてやろうとして、数学のカタストロフィの理論を使いながら、モーツァルトやベートーヴェンを罵倒してるんだけど、数理とはつまりモーツァルトなんだね。西欧近代が数理によって導かれているものなら、カタストロフィ理論は、交通を導入しているんだが、囲碁なんてのはそれの典型だろうね。柄谷行人にはそれがある。インベーダー（ゲーム）というのは数理数学で、実に西洋近代を導いたユダヤ人的発想ですね。

ただ安吾は、いいことも言ってるし、つまんないことも言っているんですよ。小林秀雄批判ではあるけど、要するにあれは結果的に、小林秀雄を知《サイアンス》として認めているじゃないですか。

でも、ぼくは、日本文化とか、日本の法制度というものに対し、小林秀雄は熟知してないんじゃないか、熟しきってないんじゃないか、と疑うんですよ。ということは、半可通だという疑いですね。その半可通の部分を穴埋めするように、あんたがプラトニズムと言われるような形で勉強がなされているが、ベルグソンやヴァレリーを、自分のプラトニズムで切り取ってきて、それで埋めているという、そういうものだと思うんですよね。坂口安吾の小林秀雄批評にさらに欠けているのは、戦争に関しての考察ですね。安吾は、戦争に関して小林秀雄を認めてるんですよ。戦争を一番深く経験したんだ、と言うわけです。

ところが、そうでしょうか。一兵卒で戦争に出かけて行ってきたうちのオヤジのほうが、経験してるんじゃないでしょうか。ちゃんと支那へ行って戦ってるんですよ。安吾ほどのわかる奴が、なんでこんなバカなこと言ってるんだ、と読んだときに思ったけど、戦争もロクにしないで、従軍記者かなんかで行ったくらいで戦争を深く経験したなどとは、安吾の早トチリですよ。

単純に言うと、戦争にも行かないで、何を戦争のこと言えるんだ、ということです。戦争を深く経験する、冗談じゃない、戦争はドンパチするだけじゃない。あるいは、空襲受けるだけじゃないもん。

しかも、この近々の戦争というのは、とくに日本の戦争は、徴兵制だったんです。徴兵制を布いているということは、インテリも庶民もいっしょくたになって行っている、ということです。これだけ考えても、日本の文化と敵の向こうの文化とが、つまり安吾が言う生活みたいなものが、あそこでモロにぶっつかっているんです。

それは、侵略して行ったかもしらんし、そういう部分はよくないかもしれん。だけど、侵略とか、そういう意味だけじゃなしに、もっと多様な顔を戦争は持つわけです。戦争はそういう力を持っている、と言い換えてもいい。大々的な交通なんですよ。

互いがモロにぶっつかるわけだから、それで、どれほど中国が強かったか、中国という国が広かったか、好きこのんで行ったんではない大半の人間は、骨身にしみてわかったろうと思う。また、どのくらいアメリカの物量というものにしてやられたか、ということもわかったはずなんです。ぼくは、戦後に生まれたんですが、直接戦争を経験しなくても、そのくらいのことはわかるわけです。

その交通としての戦争の部分は、第一次戦後派も、小林秀雄も、すべて落としたんですよ。この部分を、スポーッと抜かしてきた。

柄谷　小林秀雄は戦争中に、そういうふうに徴兵で行かされた連中の立場に立とうとした。大東亜共栄圏なんてイデオロギーを信じていなくても、彼は、戦争に引っぱられていく人間を肯定したわけですね。彼は、彼らに対して、さかしげな批判はけっしてしなかった。ぼくは、そのことはいいと思う。

しかし、五、六年前から、それが一つの「型」であり、むしろ宗教的な構図のように見えてきたんですね。たとえば、小林秀雄は、「国民は黙って事変に処した」なんてことを言う。しかし、第一に、「国民」とか「生活者」とか「大衆」とかいうのは、何なのか。そういうものは存在しない。

国木田独歩が『忘れえぬ人々』を書いたあたりから、そういう逆説的な「大衆」が見えてきたわけだ。言うならば、「大衆」というのは、「風景」なんだよ。実際に存在するのは、さまざまな社会的関係の網の目の中にある諸個人だけだ。黙って事変に処した「国民」なんてのは、インテリの自意識にすぎない。初期マルクスの言うプロレタリアートと同じで、それは宗教なんだよ。

もう一つは、戦争に行った「国民」は、小林秀雄が知らないことを経験している。いわば国際的経験をしている。文化的国際会議なんてものは、それに較べれば、吹けば飛ぶようなものだ。マルクスは、戦争は交通の正常な形態であると言ってるけれども、戦争というのは結局、男を殺し女を犯すということです。日本人は、初めて異民族とコミュニケートしたようなものだろう。武田泰淳が言うように、中国人はもうすれっからしのわけだからね。

小林秀雄の眼は、そういう所にまるで届いてないと思うよ。「国民」とは誰であり、「常識」とは何かを、ハッキリさせなくちゃいけない。それをどうして、「国民は事変に黙って処した」なんて言えるんだろう。そうじゃないだろう。

中上　だから基本的には、小林さんは――われわれ小林秀雄を論じている時に、これもまた金太郎飴みたいになるんだけれども――やっぱり一方方向を指しちゃうんだよね（笑）。だけど交通というのは、ものすごく大きいものなんだよ。さっきの「物語」ということから考えてもね、物語を超えるのは、交通しかないんですよ。

だけれども、小林秀雄は、その部分でたとえば保田與重郎にも劣るわけです。やはり保田與重郎はすごいですよ、グジャグジャになってると思う。ここまで本当にものを考えようとして一所懸命ものを読み、小説書いてきてわかるのは、やはり保田さんは生きている、ということですよ。天皇を、言の葉のスメラミコトという、そういうものとして捉えていくその運動は、なまなかの民俗学じゃ追いつかない。つまり運動として、ずーっと生き続けているということね。

それで、あと全部、小林秀雄も、野間宏も、戦後派も、第三の新人も、みんな死んだんですよ。

柄谷　保田與重郎は、間違える論理を持ってるんだろう。それで、その間違いを貫いてるわけだ。だけど、なんにもない正しさよりは、いいんだよ（笑）。

中上　オレは、今のところ交通というものが見えていると言うが、距離がわかんない。それはもしかしたら一ミリかもしれないし、あるいは無限の距離かもしれんということね。無限小かもしれんけれども、無限大かもしれんという、そういう命題だよね。

柄谷　小林秀雄は『本居宣長』でもどこでも、たとえば宣長の言ってることは、現代の観念論とか唯物論とかいうような空疎な議論とは違ったことなんだ、というふうなことをスラスラッと言うんだけどね。そういうのを読むと、ものすごく腹立ってくるんですね。

　ぼくは、徹底的に唯物論者です。唯物論しか、方法はないんだから。小林秀雄がそんなふうに言うとき、本当に厳密に言ってるのか。たとえばオレに向かって言ってるのか、と言いたくなるね。

　それじゃ誰に言ってるのか。たぶんサラリーマンとか、どこかの用語辞典で言葉をおぼえたような文学者に向かって言ってるんだろう。世の通念に向かって言ってるんだよ。

中上　そうですね。考えれば考えるほど、疑わしくなってきてしまいますね。

彼は夏目漱石を敬遠した

柄谷　初めに言ったように、マルクスが分業と交通という概念を出してきたのは『ドイツ・イデオロギー』だけれども、あそこで言っていることは結局、歴史には目的も意味もないということで、そういう目的や意味は、「精神労働と肉体労働の分業」の結果として出てきた、僧侶なりイデオローグなりが作りあげたものだ。それらを取ってみれば、分業と交通のシステムの自然成長的な発展しかない、ということだ。

言うならば、それは分業化（分化・差異化）として自然史を見ることであって、先験的に「人間」とか「意識」なんかから出発するかぎり、プラトニズムなんだよ。マルクスの唯物論はそういうものだ。ぎりぎりのところから出てきているんです。

中上　言語や性、物理や生物、数学と音楽、考えれば考えるほどむつかしいのですが、枠組を突破しようと思って素直になれば、唯物論であるしかないですね。日本なるもの、日本的なるものを考えても、この唯物論を導入しなければ、侘《わび》とか寂《さび》を深く見れないですね。たとえば山本健吉の俳句や古典に対する仕事のほうが唯物的だし、深いということも言えますね。啓発されますね。

日本的なるものは、たんに年齢が多いというだけでよくわかることではないんですよ。もちろん翁という、西欧ふうの肉体と精神の二元論ではとうてい摑まえられない定型がありますが、たとえば人に現れる老いを、すなわち身毒と取ったり、翁と取ったりするけど、これは見えるところまで唯物論を適用しなければ、自堕落な老いになってしまうわけです。本当は、高を括ってはいけないいんですよ。高を括って、エピゴーネンになりすましているのが、秋山駿ですね。

柄谷　秋山駿は、たとえば夏目漱石を否定するんだよね。

中上　夏目漱石を、わからないんですよ。

柄谷　わからない。しかも、それは小林秀雄が夏目漱石について書いてないからだと思うよ。

小林秀雄は、なぜ夏目漱石を敬遠したのか。夏目漱石は、交通を知っており、科学を知っており、唯物論者だったからです。たとえば『文学論』を見てもいい。あの言語は生硬だ。しかし、ああ書くほかないんだよ。

だいたい口あたりのよい、文学的でこなれた文章が成立したのは、小林秀雄からです。漱石にとっては、「文学」というものを自明性として受けとることなんかできなかった。だから彼は科学者として、文学を見ようとした。それはロシアのフォルマリストよりずっと先だし、日本人に通じるわけないよね。

少なくとも、小林秀雄は自分で勉強したけど、秋山駿は、小林秀雄を勉強しただけなんだ。本当の苦労をしてないよ。秋山駿だけじゃないね。あのへんの、「日本語のために」とか何とか言っている年代の連中は、どうしようもないね。「美しい日本語」という規範の番人が文学者だと言うのだから、たぶんフランスのアカデミーのようなものに憧れているんだろうね。「美しい日本語」なんか、もうぼくには醜悪そのものです。

中上　だから秋山駿にあるのは、文壇に横行するチャチなセクト主義、たとえば早稲田派とか、フォニーとか、芸能派の、いわゆる芸能三派ですよ（笑）。

芸能派というのは、吉行淳之介さんとか開高健さんとか山口瞳さんを、ぼくがただ言っているだけですけどね（笑）。その芸能三派を、ただ渡り歩いてるだけなんですよ。あの文章というか、あの文体だな。あの「文体」こそ、思考の固着そのものです。いくらでも、あんなことは書けますよ。何にも物を考えないで……。

漱石も、やっぱり、物語の系譜から考えていいんじゃないかと思うんです。だから、物語の系譜があって、つまりそのときの法制度が、漱石にのしかかってきてるんです。それなのに、たまたま外国で生活して、ある交通の種子を植えつけられちゃうわけですね。遺伝子の組み換えみたいなものですね。

言語が、まるで通じないでしょう。どんどん外国の法制度が浸透してくるんですね。それを嬉しがっている人間もいますが、ものすごくイヤなものですよ。そのままこの日本に来て、じゃこの法制度の中で安穏としておられるかというと、これもまた違うんですね。物語の系譜みたいなもので彼は読まれるべきだ、と思います。

柄谷　ぼくは前に、漱石の『文学論』について（『マルクスその可能性の中心』所収）書いたけれどもさ。ぼく自身がアメリカに行って、マルクスについての論文を書いてたわけだけれど、結局、日本で書いてたようなスタイルを、まったく放棄するほかなかった。とにかく、相手にものを言わなければならないわけだから。それに、日本でこっそり向こうのものを引っ張ってきてすましている、というわけにはいかないわけでしょう。すべて露わだから。したがって、彼らの水準でものを言わなければならないとなったら、書くということは、尋常でない緊張を必要とする。

秋成が宣長について、君は中国人に向かってものを言うような言葉は一つも言ってないじゃないかと言うのは、当り前のことですよね。中国人が、宣長が言ったようなことで驚くわけがない。冗談じゃない、この島国の奴め、と思うだけだよ。

しかし、たとえばかなり後で、伊藤仁斎を読んで、向こうの連中は驚嘆したらしいね。とにかく仁斎は、向こうの奴が読むと思って書いている。宣長には、そういう緊張感がない。

貧血を洗練ととり違えるフランス文学

中上　ただ、ぼくは一つ、小林さんがちょっとかわいそうな感じがするから、このあたりで柄谷行人に聞くけれども(笑)、あなたにあるのは交通の自信ですか? それは何によるんですかね。
柄谷　自信はない。自信があるのは、井の中の蛙だけだよ。
中上　外国で具体的に、デリダに会ったとか、あるいは、これから一緒に仕事するとかいうことが、大きいんじゃないですか。
柄谷　いや、それはまったく違うな。
ある匿名批評で、柄谷はアメリカでデリダを読んだ、なんて言ってからかう奴がいた。

そういう考え方がダメだと思う。それこそが、本当に島国根性だと思う。パリへ買物に行くOLの根性です。学問における世界交通がどういうものかが、わかってないんだ。それはちっとも華々しいものじゃなくて、地味なものなんですよ。

デリダは、アメリカに来るとホッとすると言うんだよね。というのは、デリダは、アルジェリア育ちのユダヤ人で、とにかくパリになんとなく紛れこんだという感じなんだ。それこそ秋成みたいな男で、フランスの中心主義に対して根本的な違和感を持っている。だから、アメリカでデリダに会うことこそ当り前じゃないか、と思うよ。

小林秀雄は、ランボーがなぜアラビアに行くのか、デカルトがなぜオランダにいたのか、マルクスがなぜロンドンにいたのか、わかってないよ。ぼくの言う意味は、わかるでしょう。

中上　わかります。それこそもう一つの中心を探しているのではなく、言ってみれば、終わりのない終わりめざして、知の仕事をするんだろうけどね。

自信と言えば、ぼくにも自信があるんだけど、それは何だろうと思う。柄谷行人を見ていて、そう思うんだけど、関西という所に生まれたせいじゃないだろうか。それこそ偶然が必然に転倒したわれわれの最初だけど、オレもあんたも関西だな。ぼくは紀州熊野、昔から水上交通があり、メッカだった。小林秀雄は東京ですね。

江戸期までは、関西のあたりは交通が行なわれて物語が爛熟し、振幅があったわけですね。明治維新なんかでも、京都に入った、いろんな地方から方言を持ってきた志士たちが基にした共通語は、浄瑠璃のセリフです。それを手本にして、しゃべってるんですよ。以前から浄瑠璃を見て、みんな台本を買って、本をそれぞれの郷里に持って帰っているんですよね。

都を東京に移して、文学が始まり、小説はこれでおかしくなった、という気がするんですよ。東《あずま》の何もない所が中心になってるから、すると法制度に習熟しないものが現れ、ついに痩せ衰えてくる。

たとえば庭を見ても、関西の人間だったら、ことさら勉強していなくても、これはこうだな、ということはパッとわかりますね。これは不思議なもんです。どんなに金持でも、あるいは貧民でも、全部わかるはずですよ。京言葉で言う「はんなり」は、はんなりという言葉がある分だけ、法制度に熟してくるんですよ。

『かくれた次元』(E・ホール)という本読んだんですよ。つまり、あれも法制度の一つとして捉えていいと思うんですけれども、関西という「かくれた次元」が、われわれに全部パックされているんです。文化、交通によってもたらされる文化。

柄谷　東京は、やっぱり稀薄だね。

中上　稀薄だね、それは。

柄谷　関東には、幾重にも累積され歪められた構造的厚みがない。だから、わりあい発想がシンプルになってしまうんでしょうね。「大衆」と言っても、なんか平板なイメージで、構造的な厚みを見ないですむんだね。

このまえ「文藝」で、日野啓三と君の小説について鼎談時評をやったとき、森敦が、君と違って、日野啓三は都市を書いていると言うんだ。ぼくは、そうじゃない、日野啓三はある型どおり書いているだけだ、と言ったんだけどさ。

都市について、デタラメな考えが支配していると思うんだよ。たとえば、人間的人間というのは都市から出てきたんだし、農業だって都市で発明された。初めに都市ありきなんだ。そういう意味で、都市的なあり方というのは基本的なものだ。農村的なあり方は、ものを発明しない。

本当は、交通があるという状態が都市なんで、それがなければ、見かけは都市であろうと、いっぺんに停滞してしまう。だから世界史を見ても結局、活潑な交通や異種交配がある所でだけ〝進化〟している。

ところが、日本の文学は、明治の末くらいからまったく異種交配がなくなってしまった。もう漢文学のわかる人間もいないし、何の緊張もなく、同質化されてしまった。しかも、それが全部フランス中心主義になってきたでしょう。その中で、ちょっとでも面白い連中は、すべてフランス文学の外だよ。たとえば武田泰淳は中国文学だし、保田與重郎だってドイツ文学だ。

かつてフランス文学をやった連中は、どうしてあんな貧血になるんですかね。貧血状態を、洗練ととり違えているんだな。今どき「文体」なんてことを言う連中は、みんな決まりきった言葉を、ただ組み合わせを変えているだけであってね、何にも発明していない。

中上　それで思い出したが、雑誌「文体」で高井有一が、オレについて、きいたふうなことを言ってるから、彼の最近の作品を読んでみたんだがね、まあひどいもんで声がなかったよ。活字がただ縦に並んでいるだけで、つまり文章がことごとく死んでるんですよ。

文体とか文章とか、口うるさい人はたくさんいるけど、みんなそれ相応にメリハリをつけよう、ここで一呼吸のんで破調をつくろう、とやっているんだが、「文体派」と嘲うことすらイヤになってくるくらい、ワンテンポさ。そのくせ、「だった」が続くのはいけない、「た、た」と続くのはいけない、と国民学校当時に教わったような作文の方法そのものを、きいたふうに言ってまわっている。その高井有一の鈍さは、野間宏を超えるね。関西語圏にある音便変化など、あの「文体」派はまるっきりわからない。

柄谷　「美しい日本語」とか標準語というものが、どれほど暴力的な制度としてあったかさえも、わかっていない。結局そのなかでスイスイ滑っていれば、文章家だなどと褒められるんですよ。

そういう怠惰な安定意識が、ぼくは耐えられない。本当にもう、世の中にこんなものが存在しているなんて不思議だよ。ガラパゴス島じゃあるまいし（笑）。あんな恥ずかしいことないな。要するに恥ずかしいよ。

中上　高井有一や「文体」派などは、見ていて恥ずかしいですよ、日本の恥だね。ただ、年とった小説家はちょっと違う。翁というものが、この日本にあるから。

柄谷　それは、君の言うように物語系の作家だけです。あとは何か決まり文句をちょっとひねってみたりはするけれど、もう何をどうじたばたしたってムダだね。ちょうどドイツの青年ヘーゲル派が、ヘーゲルをいくら批判しても、まったくヘーゲルの問題意識の中で動いているだけだという、それと同じことだ。小説だけでなくて、批評も、全部ね。どんなに姿を変えても、小林秀雄という「問題意識」の中で動いているのだから。

中上　本当にそうだね。ひょっとすると、今、批評をぼくが一番読むんじゃないかな。

柄谷　君は一番読むな。オレは一番読まないよ（笑）。

中上　ほとんど読んでる（笑）。ほとんどの批評に目を通してる。つまり、向上心があるんですよ。

柄谷　そう、そう。

中上　オレは、向上心があるよ。

　ただ、今の日本の批評読んでも向上にならんかもしれんが、若い批評家ですこし優秀だなと思うのが出てきているね。映画という物語の権化を相手にしている四方田《よもた》犬彦とか、

PAL双書というパンフレットを作って、ロレンスとヘンリー・ジェイムスを論じている宮林功治、それに絓《すが》秀実。他に何人もいるね。批評を読んで、水準を超えていると思う若い人が、同人誌にたくさんいる。彼らは向上心があるんですよ。向上心が、こっちを刺激するんです。

あんたがアメリカから帰ってきた時に、デリダのことを話すので頭にきてね（笑）。というのも、デリダを読んでなかった。だから読んだ。昔からそうだったよな。交通は、彼がもたらす（笑）、交通のとば口をね。畜生、頭にきたな、ということでひそかに隠れて、本を読むわけですよ。

コードの破壊

柄谷　君は、進歩する。ぼくは、進歩主義は嫌いだけれども、進歩は好きなんだ（笑）。進歩主義というのは進歩しない。まるで進歩しない連中のことを、進歩主義と言うんですよ。

だいたい保守主義なんていうのは、百年ほど前の進歩主義なんだから。下駄はいて、畳に坐って、生け花をしたりしてるのは、柳田国男が言っているけど、二、三百年前のモダニズムなんだよ（笑）。「古《いにしえ》の道」なんて言っても、そんなものだろう。せいぜい新石器革命の産物なんだから。

進歩と言っても、進化と言ってもいいけれど、ぼくは、それを別に価値として見ているわけじゃない。とにかく止まらないんだ。世界史は、とにかくどこかでは必ずすごく渦巻いて、動いて来ている。大部分では停滞していても、これは止められない。最終的に滅びるとしても、滅びるまでは止まらない。そういう過剰性が、根本にあるんだろうね。

この間、君はぼくに、どうしてあんたはオレと同じことを考えるんだよ、と言ったな（笑）。君にはいろいろ考える根拠があるけど、オレにはない、と言うんだよ。

中上　そうだ（笑）。

法制度に身をすり寄せて、つまり物語の側に立ってそこで思考を停止して、人の悪口を言わずに、頭の悪い連中を褒めたり、頭をはたいたりしていれば、当然にして柄谷はなかなかよくなってきたと喜ばれて、大家にすぐなれるのに、と思うんだけど、柄谷行人は違うんだね。肉体そのものがないように、次を考え、またその次を考える。どうしてなんだと思う。このままでも威張っていられるのに。

柄谷　それでぼくは、そのあと考えたんだよ。オレはなぜこんなに一所懸命にやるのか、と思ってね。ぼくは、とりたてて欲はないんだよ。ただ向上心があるだけで（笑）。やはり何か過剰性があるんだろうな。それは、やっぱり理由はよくわからないね。

中上　自分のことを自分で言うと、かならず間違うだろうけど、オレそのものが、転倒の産物なんですよ。交通と言ってもいいかもしれない。

父親の違う子供らが集まって母系で暮らしていて、母親がオレひとり連れて別の所に行った。中上という家に。初めて言うけど、今もまだ怨みとも憎しみともつかないものが記憶にあるけど、中上という親族に、本当に皮を剝かれるようなことをされたんだよ。それに、もとに残っている兄弟や、実父のほうの兄弟、行方のわからない妹もいる。

オレは、そこにいるでしょう。そういう部分で、そこで全部壊れているんですよ。たとえば義理のオヤジを、本当のオヤジみたいに「お父ちゃん」と言うことによって、加速されるように壊れるものがあるんです。

もう一つ、東京へ来て、ジャズを聴いたんですよ。ジャズと言っても、ブルースとかというんじゃなく、ブルースより後のものですね。一番好きだったのは、フリー・ジャズなんだ。ジョン・コルトレーンとかアルバート・アイラーとか。もう本当に破壊するしかない。そのフリー・ジャズを聴いてね、ああ、いいなあと思っていたのが、自分の中にパックされていると思うんだよ。

フリー・ジャズなんて、どうしようもないんですよ。これ、その先を問いつめて行くと、本当に死ぬしかないんですよ、あと。音がつくりあげるコード、すなわち法制度から、なるべく早く遠くへ行こうと思うわけでしょう。吹きながら、たとえば呼吸を一時間続けられたら、どんなにいいだろうかと思って、あいつらは吹いていると思うんです。

限界といったものが、あるのかどうか……、やはりあると思うんですよ。オレたちは、いわば物語として、呼吸というのはこういうものだという考えがあるから、それからすると限界はあると思うんだけれども、彼らはもっと必死だと思うんだよね。そういうものを聴いて、ぼくはその先、もっと先というものがパックされちゃったと思うんだよ。十八ぐらいでね。ランボー体験と重なるんですが。最近それに気づいたんだ、そんなことなんだろうなあ、と。

柄谷　今のフリー・ジャズの話は面白いよ。「音楽」は、「文学」と同じなんだ。

中上　こういうことなんだよ。今のように、人が唱いまわっている自己表現など、信じないよ。つまり小説は物語に対する信仰と、信じないという罰当りスレスレを、絶えず飛んでですよ。絶えずスレスレ。片目は信仰していて、片目は罰当りという、こういう眼で書いている。

柄谷　明治になって、西洋の音階とリズムを学習させられてから、日本人は音痴になったと言う学者がいる。「言痴」になったと言う人はいないけど(笑)、本当はそうなんだ。いわゆる「音楽」というのはコードなのであって、それを一所懸命、習得しようとしたんだろう。小林秀雄の『モオツァルト』なんか、なんとなくもの悲しくなるよ。フリー・ジャズは、そのコードを破壊しようとするわけだ。

君は、物語についてよく言うけれども、哲学というのも、やはり物語なんだよね。それでマルクスという物語があるんだし、ヘーゲルという物語がある。ハイデッガーといっても、みんな物語になってしまうんだよ。

この間ぼくは、『マルクスその可能性の中心』という本を書いたよね。「可能性の中心」というタイトルだから、みんな中心があると思うでしょう。誰でも中心を探しているんだよ。中心があると思っているわけだ。そういう物語化を拒否しようとすれば、なかば「中心」と言っておいて、その中心をはぐらかすという戦略をとるしかないよね。

中上 だから、もし中心を見つけちゃったと言うとすれば、小林さんですよ。中心を、オレは絶えず見ているんだということで、やっている。それは嘲笑の対象ですね。

柄谷 そうだ。

中上 冗談じゃないと思う。それは、交通の途絶なんです。ぼくなんかも小説を書くということは、何かが組み換えられ、それがたまたま小説に向かったということです。もちろん交通の途絶と接触するんです。接触しながら迂回する。

柄谷 小林秀雄は、むしろ「中心」があり「本質」があるという幻想を、撒き散らしている。

さっきも言ったように、君はたとえば『枯木灘』を書いてから、自分で自分の作品を読もうとしているよね。君は作者かもしれないけど、その作品そのものが不透明な謎なんだろう。ところが小林秀雄は、すべて自分の作品を透明なものとして統制し、管理しているわけだ。これほど暴力的なものはない。プラトニズムの暴力性だ。

小林秀雄が死んだとき……

中上 いや、それはスターリンだと思うよ。ものすごくスターリン主義的な批評だと思う。アフォリズムの連続みたいで……。

批評というのは、もっと生きているものですよ。批評のベクトルがまるで違うと思うんです。だから、小林秀雄を読んでいると、全部わかってしまう状態になる。これがどのくらい日本の知識人を毒しているか。サラリーマン諸君を毒しているか。あるいは小説家を毒しているか。

たとえば、商社の日商岩井なんかだったら、小林秀雄は読むに値しない、と言うと思うんですよ。丸紅飯田も、そう言うと思うよ（笑）。

柄谷 商社は、交通が何たるかを知っているからね。

中上 商社は知っているからね。こんなもので何言っているんですか、と言うと思うよ。

柄谷 ぼくは、まえに君に言ったことがあるけどさ、アメリカはマーケットだと言った。フランスの思想家だって、日本やアメリカがマーケットだと思って、来ているわけだ。哲学が、フランスの輸出産業なんだ。悲しいけど、そういうふうに見ないと、もうダメだね。

日本の商社は、世界のすみずみまで入りこんでいる。それはすごいものさ。しかし、日本の思想、文学は、輸入商社ばっかりよ。これは吉本隆明が言ってるんだけれども、古代天皇制は総合商社だと言うんだよね（笑）。そこから見ると、三島由紀夫の「日本文化防衛論」なんか、気の毒みたいなもんだよなあ。

中上　みんな一億商社員ではありますね。本当に悲しく思うよ、商社員である自分がさ。本当にゾーッとするよ。

ところが、そういうわれわれが使っている日本語は、どこから出てきたかという、そこだよ。われわれ、言葉の問題と言うでしょう。シニフィアンとシニフィエという、そこを分割できると思っている。そういう問題じゃなしに、柄谷行人も言っているように、もっとも先に分割できないものとして、言葉があるんですよ。西洋の神学的な言語ではなく、日本の言語を考えつめると。

しかし、その分割できない言葉に到るまでに、日本語、つまりこの言語マイノリティという部分は、たとえば中国なり朝鮮なりを経過しないとダメなんですよ。その交通の波をくぐらなくちゃいかんという、ものすごい業苦みたいなものがあるんです。それを引き受けることしかないと思うね。

柄谷　君はそれを引き受けるだろうよ。誰も頼んではいないのに（笑）。

だけど、なぜそうなるのか、それは不思議だね。ぼくは、絶えず自分をひっくり返している。どうして退屈もしないで、何十年も同じことを言い続けられるのか、わからないんだ。自分の考えたことなんか毎日、全部ひっくり返そうとしているよ。きのう言ったことなんか、全部インチキだと言っているよ（笑）。それは当り前のことでしょう。

中上　オレはね、阪神が勝っているときは、阪神のファンなんだ。巨人が勝っているときは、巨人のファンなんだ。それで女房は頭にくるんだ（笑）。あんたは一体どっちのファンだと……。自分でするもんではない野球観察の本質が、オレのそんな態度なんだが、つまり日々新しい（笑）。

柄谷　ぼくが一番怖れているのは、停滞するということだよ。停滞を自覚したら、どうしようと思う。ぼくは現在、追いこまれてきてるんだよ。こういうふうにやりたいというわけでもないのに、やっぱりこういうことになってきちゃってさ、もう止まらないし、とめどなくやるほかないという感じだな。

中上　オレは、柄谷行人が自殺する姿がありありと描けるよ（笑）。それはぼくの投影かもしれんけどさ、抱えこんでしまっているテーマが大きすぎるから、いつも頭を抱えてる。もちろん人は、オレが得意の絶頂にあるみたいなふうに、元気づけしながらやっている仕事を見るんだろうけど、違うね。みんなが褒めてくれるって、人はオレに言う。批評は褒める褒めないじゃないだろうし、それに気に喰わない人間は、ぶん殴ってやるからさだけどね、何でオレはこんなことを考えるんだろう、何でオレ一人なんだろうと思うんだよ。（笑）。

この間も、新宮でやっていた部落青年文化会がつぶれて、被差別部落とは何か、アジア的法制度とは何か、それをどうしようとするのかと考えて、考えても答えなど出ないんだ。まるまる一ヵ月、ガックリきて、何もしたくない。本を読んでも、あそこでうずいている被差別部落にどう手もほどこせないと思って、ただ部屋で頭を抱えている。

女房が、あんた、おかしいわよと言うんだからね。オレに絶えず家にいろと言う女房が、あんた、おかしいわね、柄谷さんでも呼び出して酒飲んだらって。柄谷行人に電話しようかなと思ったんだけど、電話するのが遠いことに思えて、まるで面倒くさいんだな。もう、ダメなんだよ。ガクッと落ちこんでね。何でオレ一人、こんなに……。つまり、余計なことじゃないか。

言ってみればさ、今の小林秀雄がここにあるんだとして、この小林秀雄に頭を撫でられて、あるいは、ドブ泥みたいに足を取る差別というテーマなど考えず、偉い人に頭を撫でられて、そうやるならね、オレは十分に振る舞ってやる。ものすごく有能な人間に振る舞ってやりますよ。

オレはそうじゃなくて、もっと知りたいんだよ。そういう何かの因果だな、オレにパックされた宇宙人の血みたいなさ、そういうものでね。そう思うんだよね。ものを書いても、次わかんないよ。次わかんないよという気が、頻々と起こっちゃうんだ。

柄谷　なぜそうなるのかという……。

中上　理窟は、そうないんだけどな。

柄谷　ぼくは、それにことさら意味もつけてないけどね。要するに、占星学的にそういう星である、と思っている（笑）。

中上　つまり、今の文壇は「中庸」でありすぎ、もっと知りたいという向上心がないんですよ。

柄谷　向上心がなくて、人の顔色を見てるだけだ。小林秀雄は何となく偉いんだ。本当はろくにわかってない。小林秀雄が死んだら、やっつけ始めるだろう。ぼくはそのとき彼を擁護する（笑）、かどうかは別にして、仕事の上でちゃんと責任はとる。

しかし、ぼくは文壇の「外」というのも信用しない。文壇が幻想なら、その「外」も幻想であって、似たり寄ったりなんだ。

中上　いわゆる文壇を批判しないですよ。つまりこうです。文学の枠組に囚われず、文壇は、もっと豊かであっていいなということです。ちまちま、ちまちましやがってという、オレ、その分、頭にくるんだよ。

柄谷　ぼくは君と話をすると、よくそういう話になるけれども、十年以上前に、いろいろと考えていたときには、もっと何かがあると思っていたわけね。もちろん小林秀雄も偉大に見えた。

中上 一晩、小林秀雄の話を延々として、飽きなかったことは確かですね。

柄谷 やったよな。いろいろ、他のこともやったし、秋山駿なんて、いいと言っていたし……（笑）。

中上 延々とやったよ。ある意味でラッキーだったね。こういう感じになると思わなかった。

柄谷 思わなかったな。

現代文学と〝文学主義〟

中上 締めくくりになるかどうか知らんけれども、話は延々と続くと思うんですが……。

今、いいと思っている女流に津島佑子さんがいますけど、このところ本当にいい仕事を続けているんですが、彼女を見ていますと、とにかく戦略的に武装してないから、ハラハラするんだね。

あなたの「転倒」という言葉を使えば、転倒して、オレの中で、自意識の文学なら自意識の文学、あるいは自我、私と言ってる文学を、それをすべて認めないわけです。ことごとく撃破する。自意識の文学というのと、それから私小説なんかとは、まるっきり違うと思うの。

私小説の場合、さっき言ったような、私小説の持っている文章。瀧井（孝作）さんなんかのは非常に特徴的なんだけれども、その文章がズレるんだよ。

西洋の数理数学の七音階ではなく、まさに東洋の五音階なんだね。もちろん五音階という考え方、あるいは、テトラコルドの発見そのものが、ひょっとしたら数理数学の側からのものかもしれませんが、なにしろ、音とはヴァイブレーションである、ツン・テン・シャンという三味線にあたる言葉を考えてみたら、ツウンと音がたわむという東洋の音楽の発想ですね。それをズレと言うんですが、文章をその音の連鎖というふうに考えますと、ほとんどシンタックスが破壊されているみたいな感じがするんですよ。

物語に対して敵対する人間、すなわち通俗を書きたくない、物語になっちゃイヤだと思って闘っている人間から見れば、日本語の持っている音の連鎖、日本語が内包している書き言葉と話し言葉の相互浸透の歴史、音便を生みやすい性質、それらを体現している瀧井さんは、ものすごく面白い。

この間、ラテンアメリカの作家コルタサルの『石蹴り遊び』を読んで面白かったんですが、ああいう構成上のものなんかより、瀧井さんのは刺激があり、強い。もっと文章が――たとえば、まず私が何とかして、その次に係っているのが、まるで違う係り方です。

こうなって、こうなって、こうなってと、もちろん意味はわかるわけですが、だんだん、読者のシンタックスが破壊されるようなことになってくる。

石と鉄の西洋ではなく、山川草木のこの自然を前にしてエクリチュールを見つけていると、そうならざるをえません。また日本語は、それを許容するその自然とむりなく溶けこむ文章でなくては、この風土では味けない事務的な文章になるんですが、そのことはもちろん、自然の中にも組みこまれるし、法制度の中にも組みこまれるし、コードの中に組みこまれることをも意味するんだけれども、瀧井さんなどの文章には、法制度としての自然を迎え撃つ形で自然としての自分を対置し、肉を斬らして骨を斬るみたいな、そういう部分がある。

オレは、瀧井孝作や尾崎一雄を白樺派系の自我の小説家たちじゃなくて、そう捉えるわけです。すごく面白いもの。オレは、すごく好きなんだ。

しかし、自分でやろうと思っても、やっぱりダメですね、私小説というのは。今はダメですね。オレ、書けないよ。オレ、年とってないもの。あれは、日本文学に現れる翁の文学、ああいうものとパイプを結んでいる。法制度から言えば、翁の文学の定型を逆さにとっているみたいな、そういう部分があるんです。当り前のことだけど、ぼくには自然過程において、まだ翁という時期は訪れてないんだよ。どうせないということだから、オレは私小説をいま具体的に武器にできない部分があるんだけれども、しかし、すごいもんですね。

　それと同じように、オレは中間行為の小ざかしい連中は嫌いなのよ。「私」とか「ぼくは」とか……そういう奴は、オレは嫌いなんだよ。「ぼくって何……」と言っている奴を、殴ってやった（笑）。

柄谷　同感だね。ぼくは文芸時評を本（『反文学論』）にするので読み返してみたら、私小説のことしか書いていないので、自分でもびっくりした。

　今月号の「昴」で、開高健が「公開質問状」を出して、「衣食足りて文学は忘れられたか」と言うんだね。ぼくは面倒くさいので返事しなかったら、「回答なし」と書いてあったけど（笑）。だけどね、「文学は忘れられたか」というふうに言っているかぎり、まるでダメなんだよ。それなら、文学を思い出せばよいのか、それなら、その文学とは何なのかってことになるでしょう。

中上　相手は執心があるし、愛着も……、

柄谷　あるんだよ。

中上　だからね、ひとつも自分の身を危険にさらしてないんだ。そこまで行かないと、ダメなんじゃないかね。そう思うね。要するに今の日本の文学は、大体、あらかたダメだよ。

柄谷　実際、文学はもっとダメになったほうがいいと思う。九十九パーセント、ダメにな

ったほうがいいし、当然そうなると思う。壊れているから立て直せ、と言うのは反動だ。壊れるままに任せよう。

中上　それはそうだ。

柄谷　壊れたほうが、可能性があるわけだ。「文学」でない文学があるわけだ。それをやる人間は、やるんだ。ほかの人間は関係ない。そういうことじゃないかな。

しかも、やらねばならない理由もないわ、別に。どうしてか、こういうことになってしまった、というふうにやるんだろうからね。

中上　だけど、小説家はそれでいいんだけれども、批評家はものすごく怠惰だと思うんだよ。

たとえば円地文子というのは、物語系の作家だよね。しかし、まともに論じられたことはあるか。ないじゃないか。非常に失礼だと思うね。この人、オレは好きだから、全集を買いこんでいる。そして読んでみてね、悪いけれど、ほぼ失敗作です。形がいびつに歪んでいるの。法制度の中の形というものがあるでしょう。もし、その部分に自覚的だったら、本当に谷崎を凌駕しちゃうすごさがあるんですよ。女の人は、怖いですよ。大天才の出る可能性がある。

そういう点が、いまの文学系の批評家はダメだね。物語系の批評家じゃなくちゃダメだよ。文学系のね、近代を片一方に持ってやる人間は、全部くたばってしまえと思うよ。円地文子に対するアンフェア——論じがたい、何かこう敬して遠ざけるみたいな部分があってね。だから、いま彼女なんかが一番読まれてしかるべきだと思うよ。（武田）泰淳でもそうじゃないか。アンフェアだろう、みんな。

柄谷　泰淳の小説を、文学になってないとか、不完全だとか、未完成だとか、よく言うよね。だけど、それは当り前だ。彼は「文学」じゃないんだもの。もちろん「文学」に似せようと、努力したりはしたんだろうけど。

中上　たまに思いついて本屋で買う時は、しち面倒くさい本買うのよ。ところが、自分とこで定期的に小説を買うとかいうのは、まったくオレの趣味だよ。最近は筑摩の泰淳と円地さん。中にはくだらんのもあるよ（笑）。泰淳の今月なんか、泰淳、何やってんだ、こいつはと思っちゃったけれど、すごく好きだね。本当に好きよ。何か嬉しくなってくるんだね。

交通の痕跡としての日本語

柄谷　この間、泰淳について書いたんだ。

中上　どういうの。

柄谷　解説さ。とくに泰淳論というものじゃなくて、結局、仏教について書いた。武田泰淳の仏教というのは、彼の言葉で言えば物理学だ。唯物論なんだよ、言うならば。もともと仏教は、イデオロギー（見）批判として出てきている。それは宗教批判、あるいは本体（イデア）への批判として出てきたのだ。ところが、日本の仏教というのは、すべて倫理的で時間的になってしまう、と武田泰淳は言うんだね。仏教とは、まったく空間的な、物理学的な論理だ、と言うんだよ。

『司馬遷──史記の世界』でも実は、彼がねらったのはヘーゲル主義批判だけど、小林秀雄の『歴史について』のヘーゲル主義批判とはまるで違う。泰淳は、中国とインドというものを知っていた。この二つとも、明治以後の「知」の制度から排除されていて、恥ずかしいような存在だったけど、それをあえて選んでいる。彼は、日本的原理なんてものを信じないんだ。『平家物語』ぐらいでは、ヘーゲル主義に対抗できっこないのは当然だからね。

泰淳は、ニヒリズムなんてものじゃない。ニヒリストというのは、意味を要求している宗教的な連中なんだ。よくキリスト教信仰が壊れてニヒリズムが出てきたなんて言うけど、ニーチェは、キリスト教そのものがニヒリズムの形態だと言っている。泰淳は、意味なんか求めてないよ。それは、もちろん物理学的に研究するということなんだ。『資本論』だって、まったく物理学的に研究する本だよ。マルクス主義という救済宗教なんかと、関係ないよ。

それは、小林秀雄が昔からよくわかっていたことだったんだけどね。

中上　ぼくの「物語の定型」も、物理学と言っていいな。「物語の系譜」は、「物語の定型」から発展していることを論じているだけだが、新宮の部落青年文化会でやった「物語の定型」は、完全に教科書みたいなものを作っているんだ。

たとえば、主人公の条件というのがある。マルクスの階級形成論のような形ですよ。今の作家たちは、まるでそれに反する連中ばかりだ。それぞれ書いているけれども、それはその主人公の形成に関して、ちょっとしかわかってないからダメなんだよ。主人公の光源氏ってあるでしょう。あれは名前じゃない。竹原秋幸なんて言わないんですよ。光というのは神々しく輝く、源氏というのは、一世の源氏というように、皇族からおりた人間ということ。要するに身分と、神々しいお方という意味しかない、と受け取っていい。それなんだよ。

うちの息子は、名前が「涼」というんだけれども、すずやかな涼しと、清らかとか、そういうものとみんな相関なんだ。英語で「ピュア」(Pure)というでしょう。ああいう語感と一緒ですね。つまり、まさにそういうものとして、主人公は設定されるんだ。

近代小説は、実のところそれのバリエーションですね。その条件を隠蔽しているだけなんだ。全部そうだよ、劇なんかでも。たとえば唐十郎の『犬狼都市』の場合でも、あの主人公の田口青年、つまりあれはピュアなんだよ。ピュアを隠蔽しているだけなんだよ。したがって、定型からまったく外れてない。まさに原型があるんだよ。怖いことに、その定型がすべて蔽うんですよ。

さかしらの文学主義が、ここ百年ぐらいのインターバルで来たわけでしょう。こんなものは崩れていいんだよ。新たにできあがるから。

柄谷　憂うる必要なんか、何もないね。

中上　何もないよ。全然ないね。

物語のことを、手法から言えば、何も変わってないよ。われわれ日本語を使っているんだもの。言の葉の幸《さきわ》う国だよ。だけど、この苦しみを——保田さんにとっては喜びかもしれないが、オレにとっては苦しみだよ——この苦しみというか、日本語という交通の痕跡の強い言葉があるから、近代になって進歩できたというパラドックスを、小林秀雄はわかっていないんだ。

うちの息子に、たとえばガラガラをやるよな。オレは、本当にびっくりするよ。こうやってさ、「ガラガラガラ」と言うんだよ。オレは日本語を教えているんだよ。「ガラガラ」という日本語を、音に付随して教えているわけでしょう。そうすると、相手はニコッと笑うわけじゃないか。

柄谷　わかる。たとえば、メタファーというものがあるけどね。一般的にメタファーは、何か違うものをくっつけることだとか言われているけれども、メタファーはいわば出来事なんだ。文あるいは言述の中でしか、メタファーはない。それは出来事としてある。新たな意味が、そこでだけ偶然的に創造されているわけだ。ところが、それはいずれ意味になる。つまりコードになり、制度になる。

書くということは、すでにあるコードと新しいコードの真ん中にある破壊的な行為であり、出来事なんだよね。その出来事は、すぐコードになりますよ。だから、そのコード化を物語《イストワール》（歴史）と呼ぶとしたら、とにかく、それにはいつもやられてしまうのさ。

中上　だから、オレがガキに、物語を徹底的に教えこんでいるんだよ。もちろん、それを教えてないとヤバい状態にはなる。狼少年のように、法制度に習熟しなくなり、この社会に生きていられなくなる。

柄谷　そうだな。

小林秀雄は「歴史」が見えない

柄谷　最後に小林秀雄に戻るけれども、結局、小林秀雄は、歴史についても、ヘーゲル的な歴史観を否定しようとしたよね。しかし、ぼくは、あれはちっとも否定になってないと思う。

彼は、時間的な前後関係というか、因果関係というのを、そのまま肯定しているものね。ぼくは肯定しない。現在は転倒の累積の上に成り立っている、と考えるからね。彼はみな、結果を原因ととり違えているんだ。

それから、その転倒とは何かと言うと、偶然的な偏差を必然と考えることなんだ。そうだとすれば、過去というのは、絶え間なく偶然的な恣意的な偏差を、必然化して、目的論的に正当化してきた過程でしょう。小林秀雄のヘーゲル批判は、批判にならないよ。

ニーチェやマルクスのヘーゲル批判は、絶えず必然化され目的論的に見られてしまう、偶然的なパラディグマティックな偏差を見ていくことだし、その方法は系譜学的なもんだよ。ベルグソンの『創造的進化』では、この捩《よじ》れ方が見えないし、それを解きほぐすこともできないんだ。

中上　じゃ、もう一つ、それをただちに小説に置き換えるね。『枯木灘』で置き換えよう。親は、その偶然性が、必然であったかのように存在する。子供は、つまり竹原秋幸というのは、いや、そうじゃない、それは転倒しているものだという自覚のもとに、遡っていくんだ。

柄谷　そうなんだな。親子の関係というのは、まったくそういう物語なんだ。

中上　そうなんだよ。

柄谷　それはいつも、恣意的なものの必然化なんだね。

中上　オレ、『枯木灘』を書いているときは、まだ息子が生まれてなかったんだ。娘ばっかりだったんだ。息子が生まれたら、特にそんな感じがするな。何と言うのか……。子供に対して暴力的になってきてね。

柄谷　関係がひっくり返ってくるからだろう。今度はこっちが、子供に対して暴力的にな

中上　小説的に言えば、親の伝説を信用しろというあれで、すなわちガラガラを振ってるんですよ。アメリカ人だったら「ガラガラ」と言わんと思うんだ。つまり日本語だよ、「ガラガラ」というのは。ガラガラを振って、「ガラガラガラ」と耳のそばで言うというのは、これは日本語ですよ。

柄谷　それで思い出したけれども、小林秀雄が、歴史というのは、母親が死んだ子を思い出すことだ、というのがあるだろう。その反対に、子供の側から見てもらいたいんだよね。

中上　そうなんだよ。だから、ヘーゲル的と言うんだけれども、小林秀雄にある特殊な神学を問題にするなら、むしろ親的と言ったほうがいいと思ったんだ。それで、親と子と、小説的に置き換えたんだけれども、この人は、つまりまず信じろ、オレの伝説を信じろというところから、考える必要がないと言っている。オレはなぜ親なのか、とは考えない。それだって、子供と親というのはわからないんだからさ。意味不明よ。

柄谷　漱石には、そういう疑いがあったんだよ。親の恣意性を、必然化できなかったたん

だ。漱石は、だから日本に所属するということも、偶然性だと考えていた。事実としてはそうであるけれども、その必然的根拠はない、と。そういうところで、ものを言おうとしていた。

だけど、「アイデンティティ」などと言う連中は全部、当然自分はここに属しているという、そのことの合理化しかやってない。

中上　だから、アイデンティティはすぐ論破できるんだよ。「アイデンティティ」と言っている連中は、まだ可愛いのよ。アイデンティティは、それこそ『枯木灘』においては、竹原秋幸みたいなものだろうけど、ただ彼は少し頭がいいから、そんなバカげたことは言わない。そうじゃなしにそれを言っているのは、可愛いんだよ。

ところが、親というのは、アイデンティティもへったくれもなく、アイデンティティを考える青年の可愛らしさを斥けて、頭からオレがアイデンティティだ、信じろと言うわけです。何も小林秀雄を、父親ということで認めるというわけじゃないんです。そうじゃなしに、その論法を彼は持っていて、父親になり下がったと思うんですよ。

親の論法をあるがままに認めろと、そして何も疑うことはない、という思考の固着。そんなものは、あとは衰弱し、ヨボヨボになるだけですね。あとは本当にモウロクして、幸せに年をとるでしょうね。江藤さんが言ったように、健やかな——かなり皮肉がきいていると思ったんだけれども、そういうものになるでしょう。オレは、そういう親になりたくない。

柄谷　つまり、軍隊でも今の応援団でもそうですが、一年生を上級生が殴り、その一年生が上級生になると、また下を殴るという、くり返しの制度ね。それが親と子の間で行なわれている。そういう自然さは、疑ったほうがいいに決まっている。

マルクスは、歴史は世代の連続的交替だというふうに言っているけれども、その場合「世代」は、親と子にある逆倒を孕んでいる。ある世代にとって、前の世代は自分のために存在しているかのごとくに見えるだろう。それで目的化するわけだよね。

しかし、歴史はけっして線のように流れてきたんじゃない。親の恣意的な偏りを、子供がいつも必然化してしまうというふうに、隠蔽と抑圧の累積としてあるんだ。だけど、小林秀雄は、そういうことの転倒性に対しては何も言ってない。親と子という制度的な時間性を、自然だと考えてしまったんだ。

中上　だから、小林秀雄が言うように、信じる者は救われるとなると、困るんです。

日本語、言の葉というのは、もっと豊かだし、怖いんですよ。この言語マイノリティの国が、まさに交通の坩堝であるが、すぐ途絶もできるものだという両義性を孕むというのは、折口も保田與重郎も示しているところなんだ。もっと怖いことですよ、言の葉というのは。

［「文藝」一九七九年八月号］

批評的確認——昭和をこえて

「小林秀雄をこえて」から十年

柄谷　「小林秀雄をこえて」という対談（「文藝」一九七九年八月号）をして丸十年たった。僕にとって一番しんどかったのは、それから四、五年だと思う。年齢的にいっても、いわゆる厄年というやつがあって……。
中上　僕のほうは、厄年の終わりにさしかかってる。だから十年というと三十二歳ぐらいか。『枯木灘』を出して、『鳳仙花』をやり始めようとしていたときだね。
柄谷　君のほうは去年、家が全焼したりね、ものすごくラディカルだけれど（笑）、象徴的なことだよね。
中上　「小林秀雄をこえて」のときは、あなたは三十七歳だね。僕もアメリカに行こうと思っていることもあったし、三十の山を越えたみたいなところがあってさ、小林という、塊のように存在しているものがある。これをどうにかしよう――みたいな話をした。
柄谷　むしろ、君のほうがそれに敏感だったんじゃないか。僕は君に乗せられた感じだった。ただ、最近出た島弘之の『〈感想〉というジャンル』（筑摩書房）に〝小林と柄谷〟みたいなエッセイがある。それを読むと、当たってるかなという気がした。ハロルド・ブルームに『影響の不安』という本があって、後から来る者が先行者の影響を受けるという不安から逃れようとして、いろいろやるということを徹底的に分析している。そして、僕の前に小林秀雄を置いてみると、その分析がすごく当たっているというわけなんだ。

そういうことを島君に言わせる、そのきっかけを与えたのがあの対談だったんじゃないかと思う。それほど意識してなかったんだけど。しかも、あれは、もともとは「こえて」というタイトルじゃなかった。

中上　「ついて」だった。

柄谷　ともかく、僕が小林の『本居宣長』に苛立っていたことは事実ですが。君がそのとき、アメリカに行こうとしていたのも、それ以降の十年を決めたようなもんですよ。つまり、小林をやっつけることとは、外部へ出ようとする者の視点でしかできない。そうでないかぎりは、小林秀雄になる、宣長になる。あまり意識しなかったけれども、あの対談が、僕らのその後の十年の道筋を予言しているんじゃないか、という感じはする。

中上　それは自覚してたよ。

柄谷　僕が最近、書き上げて出そうと思っている『探究Ⅱ』なんかも、結局、そのことの意味をもっともっと論理化しようとしているだけなんだ。だから、ここ十年というのは、あのときに啖呵を切ったことを、自分で何度も確認してきた十年という感じがする。文壇的な意味での「小林秀雄をこえて」とか、そんな気持ちはこれっぽっちもなかった。

中上　ただ、この十年がすさまじいと思うのは、その小林秀雄が肉体的に死を迎えて、さらに天皇が崩御したという、そういう事態があるよね。小林が具体的に倒れるんだから、小林の理論だって倒れる。肉体で倒れるし、理論で倒れる。天皇すらもそうですね。誰が天皇を倒したわけじゃなくて、天皇が自分で倒れる。今、『地の果て 至上の時』の浜村龍造の自死を目撃した秋幸のような気持ちなんですね。その大きな二つがいなくなってしまったことによって見えてくる、あるいは煮詰まってくる、そういう状況に今あると思うんだね。

こういう言い方もできる。影響の不安の過程というのがあるかぎり、それを、とりあえず影響の過程ではないんだと言わないかぎり、いつもイライラしてしまう。それは、あのとき言ったことだと思う。俺はあのとき、何か見えてたと思うんだよ。今もたぶん、そうなんじゃないか。あのときとは形が違うけど、本質として同じようなイライラが高じてきているみたいだ。

柄谷　僕は、イライラを超えてしまっている（笑）。「小林秀雄をこえて」のとき、少なくとも僕の意識では、小林秀雄をすごく評価していることになる、と思った。なぜならば、吉本隆明とか江藤淳とかは問題じゃないという意味で、小林秀雄をやっつければいいのだということでやったからだ。僕の中では、日本の思想的土壌そのものと勝負している、ということになるんですね。今は苛立ちというよりも、ある意味ではすっきりしてしまうくらいの地点に、自分がいるんだなと思っている。

保田與重郎の正と負

中上　僕はあのとき、もう一つ、天皇も取り上げるべきだと思った。つまり、小林は、本居宣長が持っているあの国学論、あるいは神道論を継承しようとしている、あるいは引き継ごうとしている。それに対して、猛烈な反感と反撥と、理論的な違うものを提示したいと思った。ツリー状になった日本の国学に対して、違うツリーをもってこよう。それが上田秋成であり、あるいは小林秀雄に対する瀧井孝作の散文であり、あるいは山本健吉の定型とか、古典に対する読みこみ方であった。今、天皇は倒れた。そうすると、小林と重なって大きな塊が、何か違う状況になってきたという思いがある。

柄谷　あそこで君は、宣長に対して秋成、小林秀雄に対して保田與重郎をもちだしてきたでしょう。一般には保田は右翼で日本浪曼派で、という程度で終わりですけど、明らかに奇妙な人だよね。宣長的、小林的なところからズレているわけだ。それはどうも、ロマンティシュ・イロニーというのとは違っているように思う。今、いろいろ書いている人は、ほとんど自覚していないだろうけれども、ロマンティシュ・イロニーの現代版だね。僕はそれを「日本野球浪曼派」と呼んでいるんだけどね。それは、あえて無意味なものを選んで戯れて、自己意識の優位性を確保するといった審美的姿勢だ。しかし保田には、秋成と同じく、激烈なもの、奇矯なものがある。これを、僕はつかめなかった。

保田の考えでは、日本文学の伝統というのは、正統から外れることだというような感じがする。外れることそのものを正統にしてしまう。保田にとっては、横にズレてはみ出ていく連中が、むしろ〝日本〟だったんじゃないかと思う。その意味では、君がもっとも保田的かもしれないね。その時点で僕は、保田のことを考えてなかったけど、十年たってみて、〝軽薄短小保田〟がジャーナリズムに蔓延するようになっている。

中上　具体的に誰ですか。

柄谷　まあ、日本野球浪曼派というときは、蓮實重彥、渡部直己、高橋源一郎というところですね。僕の考えでは、これは全部〝長嶋茂雄〟という貴種流離譚と美学にもとづいている。じつは保田の国文学にも、そういうところがある。日本の古典を、みんな長嶋にしてしまうようなところが(笑)。

中上　軽薄短小の保田が跋扈《ばっこ》しているというわけだ。

柄谷　君は今、右翼と言われているが、どうなの。

中上　右翼、左翼というのは便宜的な分け方であって、俺は右翼と呼ばれても、いっこうにかまわないし、左翼と呼ばれてもかまわない。今は、あなたが言う軽薄短小の〝リトル保田〟がやたらに誕生しているという状態だよね。要するに論理とか、そういうものが一切合財なくなってしまった。そうすると、僕なんかがちょっと論理的なことを言うと、右翼だって言われる。

柄谷　僕も、論理的に言うから左翼だと言われている（笑）。僕は以前に、ラディカルであるとは〝遊離基〟であることだ、と書いたことがあったけど、そういう意味でのラディカリズム以外は信用しない。あとは皆、共同体のシステムに属するものでしかない。

中上　「文學界」（一九八九年二月号・『中上健次発言集成3』所収）で「天皇裕仁のロゴス」というタイトルで岡野弘彦さんと対談した。そこで、認める認めないとか、見える見えないは別として、天皇というのは日本語の定型の中にがっしり根をおろした。物語の定型はいろいろな形で言えるけれども、いずれにせよそこに天皇がある、と言った。そうすると右翼だ、となる。論理がまるで聞き入れられない状態だ。

保田與重郎は、むしろその論理をもとにしてあるんだけれども、論のバネがすごく弱い人で、ほとんど感性的にものを言った。しかし、保田の場合は、その感性を、古典とか、あるいは累々たる死者の視点にかけて濾過した、と思う。ところが〝リトル保田〟というような連中には論理がない。かつ、そういう濾過の仕方もない、という事態が起こっている。

ていない。

昭和十年前後に似る

柄谷　最近は西田幾多郎とか、戦前のことをちょっとやってるんだけれども、昔のものをちゃんと読んだほうがいい。「近代の超克」を批判するといっても、結局、みんな西田を読んでいない。今のイデオローグは、最も優秀なところでも西田の真似ぐらいにしかなっていない。

僕らが評価している人でも、たとえば安吾にしても、泰淳にしても、花田清輝にしても、いい仕事は戦争前、あるいは戦争中でしょう。連中の論理の煮詰め方は、すごく密度があるけれど、そういう人でも、戦後のはつまらない。小林秀雄という名前を取り出すとき、僕に浮かんでくるのは、戦後のたるんだものではなく、昭和十年ぐらいの小林秀雄です。僕の感じでは、現在はその時期に近いと思う。

昭和十年前後というのは、文芸復興期といわれていて、川端の『雪国』とか、荷風の『濹東綺譚』とかが書かれた。もちろん、今は川端みたいな人はいない。ところが、だいたいが川端みたいな感じがしている。つまり、トンネルの向こうに行って、鏡に映るイメージと戯れる、という感じだ。本当に閉鎖的です。

中上　日本で日本の小説を書いたとしても、一応、全世界の思想状況は知っておいてほしいよね。自分の文学がどういうところにあるか、どういう展開なのか。だけど、わかってない。トンネルを出ると雪国だったという日本的な物語、あるいはハーレクインみたいな物語としてしか考えてない。

柄谷　村上春樹とか、みんなトンネルの向こうですよ。

中上　ハーレクインの世界を味つけしたエンターテインメントだ。

柄谷　昭和十年のころにはっきりしたことは、マルクス主義が崩壊したことですね。ある種の抑圧がとれた。それは、それまで共産党という表象を通して保持されてきた、絶対的な他者性からの解放だ。その解放感というのが、いわば文芸復興だった。ここ数年、そういう解放感がある。ところが、僕はその解放感を否定するので、左翼ということになってきた。

中上　左翼も右翼も、いつでもひっくり返る。俺は極左だ、と言ってもいいんだよね。

柄谷　ただ、僕があの〝解放感〟を否定するのは、やはり外部があり他者があるということを言いたいからだ。勝手に自分たちだけで自己イメージをつくりあげたって、通用しない。

軽薄短小ということで言うと、戦後の小説から近年に至るまでを、日本の中だけで見たら、やや外れていたり、やや中心からは軽蔑されているとか、排除されているとかのものをあえて評価して、価値転倒するかのようにやっている連中がいる。たとえば、筒井康隆が偉いとか言ったりして。そういうことを、常識を覆しているかのごとく言うのは、嘘だと思う。もっと根本的な常識があるじゃないか。本当に価値転倒するつもりなら、そこでやらなきゃいけない。仮に、小説を論じるんだったら、大江がいて、古井がいて、中上がいて……と、そういうのしかないんだよ。

中上 それは、俺なんかもはっきりわかっているよ。

柄谷 だから僕は、もし僕のせいで大江を否定するような人がいるとしたら、大江健三郎に対して不当なことをしてきたという気持ちがある。

中上 俺も実際にいま「ダカーポ」というところで文芸時評をやってて、毎月の小説を全部読む。すべて横並びに読んでみて、あ、大江健三郎は違うなと思った。それまでは、大江健三郎読んでてさ、これはデッドエンドのほうに行くなと思ってた。ところが、横並びに読むと、ポカーッと抜けてる。ああ、こいつ一人考えてるわと思った。俺も不当なことをやってきた（笑）。

柄谷 おみそれしましたというかね。

中上 全部読んでみると、やはり今、物を考えているのは何人かしかいないよ。

柄谷 それが常識だ。

中上 吉本隆明なんか、村上春樹の小説についてすごい枚数を使って「新潮」に書いてるけど、やっぱりおかしい。『ノルウェイの森』も『ダンス・ダンス・ダンス』も、他の作家と横並びに読みくらべてみると、何も物を考えてないもの。

柄谷　まあ、中上君の小説が今度フランスで二冊出る。そんなのだって、常識でやっているわけですよ。だから、常識はむしろ、外の連中のほうにある。日本の中だけが、勝手に常識を覆している。

中上　常識だけじゃ商売にならないから、いろいろ入れるわけだな。

柄谷　批評でも何でも、あんまりそれをやってると、物を書いてる連中自身が、その錯覚に陥る。一方はすごくいい気になり、一方はまるで方向を失ってしまうようになっている。

中上　小説家も、自分の書くものがどのくらい外の連中と闘えるかと考えている人は、そういない。欧米だけじゃなくて、韓国の作家たちとどのくらい闘えるかとか、インドネシアとどう闘えるかとかね。

柄谷　昔は当り前の感覚だった。

中上　中国とあったしね。

柄谷　まだ十年前にはあった。今は何か満足しちゃっているね。

中上　急速にね。

柄谷　そんなことを言うと、クライと言われてしまう。本当に暗い気持ちになる（笑）。村上春樹なんか、ローマかどこか外国にいるんでしょう。ただ、いるだけだよ。あれは軽井沢にいたっていいんだ。まるで何の交通もないね。

作家の視野と時代意識

柄谷　このあいだ、『悪魔の詩』をめぐるラシュディの事件があったけど、一つの作品が国交断絶まで起こしうるというのは、すごいことだと思う。

中上　ラシュディの問題というのは、自分の問題だと思うんだよね。

柄谷　だけど、みんな自分に起こりうる問題だと思っていない。

中上　俺は思うよ。僕は今まで天皇その方についてはは別として、天皇制そのものについては一言も言ってないけど、天皇制について、本当に正面切って小説の素材にするときがあるかもしれない。そのときに、ラシュディのような問題が起こるかもしれない。ですから、そういう事態は日本に関しても起こりえるし、あるいは自分が外とやっても起こりえる。

最近、韓国から突然、北朝鮮に三人の反体制の指導者たちが飛んでいった。その中に黄晳暎《ファンソギョン》という作家がいる。その黄晳暎が日本に来て、李恢成と対談したときに（「群像」一九八六年四月号）、僕のことを帝国主義的だって、メチャクチャ悪口を言ってる。あれこそ新植民地主義者だとかね。たまたま角川で、現代韓国作家の書き下ろしシリーズというのがあって、それで僕に仲に立ってくれというから、黄晳暎が日本に来たときに会った。日本の出版社があなたの書き下ろしを出したいと言っているから、ぜひ協力してくださいと頼んだわけよ。それでその後、忙しかったから酒も飲む暇もなくて。そうすると突然、李恢成との対談で、俺がバッと出てきたわけよ。

柄谷　酒を飲まなかったから……。

中上　たぶん、そうだろうと思う。それはそれでいいさ。その彼は今、北朝鮮に行ってる。体制は全然それを認めてないいんだよ。無許可で行っている。僕はやっぱり作家として、すごく関心がある。ちょっと奇妙にねじくれた思いだけど、黄晳暎という作家の行動の自由は、支持はしたいんだよ。彼を捕まえて投獄するなんてことを、認めるわけにはいかないと思う。

俺のように、どうなったかと日々の新聞をハラハラして見ている——そういう作家たちが何人いるか。左翼の作家たちは関心を持ってくれていると思うんだけど、ふつうの文壇に棲息している作家たちが、どのくらいこの同時代に関心を持っているんだろう。

柄谷　ほとんど、いないんじゃないかな。君はラシュディと知り合いだそうだが、知り合いというレベルが重要だと思う。ごくふつうに知ってる人っていう感覚がね。日本では架空の敵を相手にして、ものすごく巨大に見たり、逆に見下したりするんだよ。世界中で、面白い人も、そんなに多くないけど、面白いやつはみんな知っているべきだ。べきというより、自然にそうなるはずだよ。

中上　作家たちがますます奇妙な閉鎖性を持ち、自閉的になってるから、評論もそれに同調して自閉的なものになっている。富岡幸一郎の後藤明生に対するインタヴューでも、問題は後藤の作品が本当に面白いのかだよね。たとえば、ジョン・バースと較べたらどうなのかとか。

柄谷　そういうことを発言させられるかもしれない、ということを前提としていない。

中上　してないんだね。

柄谷　呑気なものだ。作品というのは、そんなに毎月とか毎年とか出せない。ラシュディなんて、五年ぐらい書いてなかったんじゃない。

中上　うん、書いてない。

柄谷　『真夜中の子供たち《ミッドナイト・チルドレン》』の後に『恥《シエイム》』があった。その後、長く発表していなかったと思う。

中上　僕は『ミッドナイト・チルドレン』をかなり前に読んで、俺が翻訳するから出させろと言って回った。ところがどこも動いてくれなくて、これはいいぞ、いいんだぞと言って回って、およそ十年になるよ。

柄谷　僕がとても不愉快なのは、外でどうだったということを、日本向けにだけ宣伝している連中だね。ああいう連中と土着派とが、対になっているんじゃないか。今、その程度の外国派みたいな人は、失墜しつつあると思う。だけども、それを失墜させているのはこちらであって、土着派がやったわけじゃない。
中上 それはそうですね。
柄谷 たとえば、加藤周一だってなかなかいいんです。
中上 加藤さんは、文芸批評とか文芸雑誌なんかに出てこないけど、やっぱり、どうしても必要なんだと思う。
柄谷 彼の『日本文学史』はいいよ。
中上 それは、日本の土着派の中に入れば見えなくなっちゃうでしょう。
柄谷 見えなくなっちゃう。つまり、たんに反撥されるんだな。僕もそういう意味で、西洋派にされちゃうわけだ。

山田詠美と村上龍

中上 若い作家たちがだめだね。島田雅彦にしても、やっぱりニューヨークで土着派をやってると思うんだよ。もっと大胆に、いろいろなやつと出くわしてやるべきだと思うんだよね。
柄谷 彼がいるのは、君がいたチェルシーのアパートでしょう。

中上　そうそう。そこにいるんだけど、やっぱり日本人同士で、いつもパーティを繰り返している。それはつまらない。

柄谷　四方田犬彦も住んでたアパートか。

中上　そうだけど、少なくとも四方田ぐらいに飛んで回ってほしい、とも思うんだよね。

柄谷　日本人がニューヨークに行くのは、よくないかもしれないな。

中上　言語感覚でいうと、ニューヨークで山田詠美を読もうとすると、ちょっと読めないよね。

柄谷　読めない。あれは英語にしたらスキャンダルだよ。

中上　差別小説だと思われる。土着派が黒人をオモチャにするみたいな、そういう意識でしょ。

柄谷　そうですね。

中上　ただ私は黒人が好き、というのは違う。黒人の誰それさんを好きっていうことにならないと。ただ黒人が好き、というのはレイシズムですよ。

柄谷　類で見てるんだからな。

中上　そうすると、これは少なくとも内々の、内向けの文学でしかありえない。もうすぐ、外国人が日本語を平気で読むようになると思うんだけど、そういう状況にもついていけないような文学になってしまっている。

柄谷　江藤淳は、山田詠美の処女作を、大江の『飼育』より優れていると言っている。でもそれは違うよ。大江さんのは共同体批判だものね。ところが江藤淳は、村上龍の『限りなく透明に近いブルー』をメチャクチャけなして、それで山田詠美を褒めた。村上のは、アメリカにやられまくっているという感じが出ているけど、山田詠美のは日本が優位だね。江藤淳は、それに共感しているのだろう。

中上　江藤さんの反米愛国路線が出てるからいいんだろうね。

柄谷　中曽根の黒人差別発言と裏腹のレベルだよ。あのときはまいった。

中上　実際に頭にくることはあるよね。たとえばアメリカで、オノ・ヨーコがすごく悪く書かれるとか。向こうにいると、オノ・ヨーコという個人がやられているというより、東洋人全体が、あるいは日本人全体がやられている、という意識になる。これはまさにそうなんだ。やろうとする側のレイシズムが見え隠れするから、こっち側も反応する。あそこは、人種問題がナマナマしく生きている所だよね。そういうことは、たとえこの日本で小説を書いているんでも、わからなくちゃいかん。

柄谷　吉本隆明なんて、ジャルパックででもいいから、外国に行ってくださいと言いたい（笑）。

中上　東京はそんなに偉くない。ふつうの、たんなる一都市にすぎないんだからね。

柄谷　こういうことを言うと、ますます竹田青嗣だとか、ああいう土着自前派が嫌悪を感じるんだな。彼らが何を言いたいのか、よくわからないんだけどね。要するに、外はいらないと言いたいんだね。すべてを、内的な意識のありようや姿勢に還元してしまう。フッサールの志とは、アベコベになっている。

中上 竹田青嗣でも、デビュー作の「金鶴泳論」はすごくいいと思ったよ、面白くて。ところが、そういう人間がずっと書き続けると、だんだんだめになってくるのはなぜだろう。

柄谷 やっぱり日本的な批評に同化したからでしょう。彼は日本のナショナリストみたいな感じに見える。彼が最もそれに敵対すべきであるのに。江藤淳が昔、僕に言ったことだけれども、批評で最も大事なのはフットワークだね。批評は、いわば運動でしょう。運動は足だからね、フットワークがないと必ず固定しますよ。僕は本来、動くのは嫌いなんだ、面倒くさがりだから。だけど、すごく動いてきたと思う。それ以外ないですよ。運動自体が批評だからさ、柄谷の理論がどうのと言われても、そんなものはいつでも変わっとるわい、と答える（笑）。

自分の文学を緊張状態に

柄谷 君は柄谷包囲作戦をやると言ってたけど、どうなったの。

中上　もうやめたんだよ。君子豹変する（笑）。俺は、自分の文学を強度の緊張状態に置きたいと思い続けているんだ。それ以外何もないんだ。だから柄谷を包囲することで、自分が緊張すると思うならそうするし、柄谷のウダウダに付き合うことが自分を緊張させると思えば、付き合いもする。それはもう、小説のマキャベリストみたいなもんだ。

柄谷　「小林秀雄をこえて」もそうだけど、それは柄谷を偉くする戦略としか、僕には思えなかったけど（笑）。僕を絶対的な差異に追いやろうとする……。事実そうなってきたのかもしれない、と思う。

中上　だけど、もっと打ち明けて言うとさ、柄谷とこうやって一緒につるんでばっかりじゃだめだと思ってた。柄谷といつ、どこで、切れようかとも思ってた。ある意味で、評論と小説は違うんだということでもある。

柄谷　僕には、中上が柄谷を鏡にして自分自身を映してるだけのように思えたね。

中上　まあ、それはそう思うだろうよ。

柄谷　自分の無意識を俺に映して、柄谷は不透明だとか何とか言っている感じだった。自分が不透明なんじゃないか。

中上　そりゃそうだ。「小林秀雄をこえて」のときも、要するに、小林がとりあえずの鏡の役目をするみたいなことだったよ。

柄谷　僕は、君が厄年で迷っていると思ってから、当面、中上と付き合うまいと思っていたよ。

中上 よく言うな（笑）。

柄谷 ことし二月初めに、例の駒場で自主ゼミというのをやった。合わせて十回のゼミだけど、最後のほうの九回目のとき、さっき話に出た「文學界」の岡野さんとの対談を、学生がみんな読んでいた。それで、中上さんは何でああなんですかと学生が言うから、それなら本人を呼べばいいだろうということで、それで呼んだんだよね。僕も、ふっと君と話したくなったんだ。

中上 〝柄谷行人を読む〟みたいなセミナーだったな。その過程で、「文學界」の、天皇に関する発言が話題になったんだね。浅田・柄谷対談（「昭和の終焉に」――「文學界」一九八九年二月号）は、まさに旧左翼になっちゃったような展開だし、中上と岡野さんとは、右翼というよりも、〝へへい、恐れいりやした〟という形になっている。柄谷と中上が、あまり極端に離れすぎているから、それを問題にするというわけでさ。なにしろ柄谷ゼミなんだから、俺はつつき回される覚悟で行ったんだ。

柄谷 しかし、学生が「中上VS柄谷」とかで看板を出すかと思ってたら、何もしないし、人数も十人くらいだった。

中上 最後のセミナーだったんだよ。

柄谷 だから、いつもと何も変わらない。静かに話ができてよかった。

中上　彼らはアンダーグラデュエートでしょう。コロンビア大学のアンダーグラデュエートでも、あのぐらいにはならないだろうという、世界的に見ても優秀な連中だよ。

柄谷　ふつうはやっぱり、人を呼ぼうとかさ……。

中上　イベントになっちゃう。

柄谷　そう、イベントになるね。ラシュディにしたって、すごい騒ぎになってるけど、ラシュディの仕事は、地味な小さい世界でやってるわけだ。それが表に出ると、突然ものすごい事件になる。だけど今、日本は大きそうに見えて、実際に事件ってないんですよ。だから架空のものを事件にして、人が大勢来たとか、そういう感じでしょう。そんなことで、話が通じてるはずがないと思うね。小さいところで物を考えることと、国際的であるということとは、ほとんど同じことだと思う。そんな華々しいはずがない。

中上　そりゃそうです。

柄谷　それをみんな間違えている。世界思想を制覇するみたいに思っている。そんなものないよ。

中上　たとえばコロンビア大学で、サイードはこう歩いている。デリダはこっち向きに歩いている。そして中上健次が歩いている（笑）。そういうことです。あっ、こんちはとかいう程度でさ。議論ということになれば議論するけど。

柄谷　そうだね。たとえばサイードは優秀な文芸批評家だけど、このあいだのPLOとイスラエルの和解を実現させた。命も危ないような、そういうことをやってのけた。しかし、それは彼が文学者だからできることだ。だから、やっぱり文学をバカにしてはいけない。

中上 ただ、総合雑誌ふうな大仰な振る舞いなんて嘘だよね。総合雑誌の言説なんていうのは、ほとんど甘ったるい通俗的な論理にすぎないものね。

柄谷 そんなもの、読むにも値しないね。

中上 昔のことがいいというわけじゃないんだけど、たとえば周恩来が日本に留学してたんだろう。いろいろなやつが亡命してきて、いろいろなやつが留学してきて、ちょっとの出来事なんだけど、それが先々、大きな可能性になるみたいなね。

柄谷 保田も、そういうことを言ってるね。たとえば紅衛兵に西郷の精神が伝わっているとか。ある意味ではそのとおりなんだ。旧日本帝国には、やはり両義性があったね。今は、向こうから来てる人たちの可能性を大事にしていない。ものすごく思い上がってる。

中上 日本は思い上がってるね。

柄谷 差別的ということで言えば、今の連中のほうが、昔よりもっと差別的じゃないのかな。

中上 文学が矮小になっている。

柄谷 さっき言ったように、大江、古井、中上、そういう線で物を見たら、当然、外国の、アジアの作家も視野に入ってくる。しかし今の日本の議論は、日本野球と同じだ。外で読めるかどうかなんて、誰も言わない。小説はさておいて、それなら日本の批評は訳して読めるか。俺のは読めるし、訳されるよ。こっちもそのつもりでやってきた。

中上　十年前の「小林秀雄をこえて」のときの苛立ちということでは、そこに、もう一つ別な苛立ちがあった。それは、俺たちは外で読めるものを書いてるんだということを、わからせたいということだよね。

柄谷　そうなんだ。何でこの十年がしんどかったかというと、ちゃんとそれを実現したからだよ。実現しなかったら、転向してるよ。僕は、それを〝転向〟と呼んでるんだ。

中上　なるほど。だけど、俺はまだ転向してない（笑）。

柄谷　非転向だな。

中上　非転向だよ。俺を右翼だなんて言うやつはバカだよ。

大江健三郎・古井由吉・三島由紀夫

中上　大江さんは、どうしてあんなふうに偏狭になったのかな。

柄谷　偏狭って何？

中上　なんで俺たちに、身をかたくしたりさ。

柄谷　最近、やや身を弛めてるよ（笑）。

中上　他の人と横並びに読んでみると、大江さんはダントツなんだよ。そういう人が、なんで自信を持たないか。

柄谷　彼は被害妄想というところもあるけれども、まっとうな批評家に恵まれなかったんだね。

中上　山口昌男っているじゃない。

柄谷　山口昌男の言ってるようなことは、大江健三郎は、すでに『万延元年のフットボール』でみんな書いているよ。

中上　大江が、いつも知的向上心があるのは何によるのかね。

柄谷　ファーザー・コンプレックスのようなものがあるのかな。

中上　『新しい人よ眼ざめよ』を読んで、この人も終わりだなと思った。どんどん下がってくるな、と思ってた。ところがまた、ポカッと出てくるんだよ。

柄谷　僕も、おととしぐらいに『懐かしい年への手紙』を読んで、やっぱりこの人はすごいと思った。この人はポストヒストリーということを本当にわかっている、と思った。

中上　僕は、その後の作品ぐらいからだよ。光君との関係が、距離をきちっととれたということでしょう。『個人的な体験』あたりからは、ほとんど私小説の形だったよね。文学の源泉を光君に求めていた。その光君が大人になって、つまり自分を支えて輝かせてくれた愛しい存在が、自分から巣立っていく。それで、もうこの人は死んじゃうんじゃないか、と思ってた。ところが、まるで違う形でポンと出てくる。文学のバネみたいなものを大江健三郎に感じたね。これはすごいと思った。こういうバネのある作家が、ちょっとぐらい政治的に音痴だからって、いたぶるわけにはいかない。

柄谷　不思議だね。僕もそう思った。でも、それを書くと、中上が怒るだろうと思った（笑）。しかし最近、君の『奇蹟』を読んで、大江さんの『懐かしい年への手紙』とパラレルだと思ったね。大江健三郎がヘーゲルで、君がニーチェという感じだ。だから、長い書評を「群像」（一九八九年六月号）に書いた。

中上　一人、二人いてくれればいいんだ。たとえば、あと古井さんだね。古井さんがいい仕事をしている。他には高井有一さんなんか、今すごくいい仕事している。それと女流作家でいうと、河野多恵子さんだとか、大庭みな子さんだとか、金井美恵子さんだとか。ぼつぼつ何か出るな、という人たちがいる。だけど、言語感覚という点から見ると、大江さんと古井さんはぬきんでている。

僕は昔、大江さんの書き方にとても影響を受けた。あの人のすごい言語感覚が俺の言語感覚みたいなのに反応して、それを使いたくてしようがなくなる。古井さんの場合は、まさに茨の道だよ。それをずっと押し通してやってきて今、見つけはじめている。たいしたものだ。

柄谷　僕が本格的な作家論を書いたのは、古井由吉だけなんだ。古井さんには、ちゃんとやってほしいと思う。

中上　俺が喧嘩する相手は、ほとんどこっちがやきもちを焼いている人間なんだよ。古井さんに対しても、ずっとやきもちを焼きっぱなしだった。古井さんは、何で喧嘩を売られるのか、わからなかっただろうけど、それは俺がやきもちを焼いてるからよ。古井の存在がけむたいわけ。古井がニコニコしていれば、「何でニコニコしてるんだ」とかさ。寝てると、「何で寝てるんだ」って、そうやって喧嘩を売ってた。

柄谷　中上は、自分が何も発表してないころから、そうやってたんだからひどい（笑）。僕の最初の本の出版記念会をやったときに、まだ君は「すばる」に掲載を延ばされている身だった。そのとき、会ったやつとみんな喧嘩しちゃう。向こうは君のことを知らないから、びっくりしたろう。

中上　俺はやきもち焼きだよ。すごい尊敬するけどさ。すごいやきもち焼いてるんだ。たとえば小川国夫とかさ、何か必ず言ってやろうと思って。ガキのときは、すごくやきもち焼いたね。

柄谷　それを認めるのは、やっぱり四十二歳だな。

中上　自分が何かやったから言うんじゃなくて、四十二歳という齢だよね。俺、今が四十二歳だけど、とりあえず四十五歳というのは三島由紀夫が死んだ齢だね。それと向かい合おうとしてるわけだ。

柄谷　僕が四十一、二歳のときに、三島が突然気になったな。コロンビア大学にいたんだ。そのときに三島の本を図書館から借りてきて読んだね。選択を迫られる。死ぬか長生きするか、二つしかない。

中上　水上勉さんが七十歳になったんだね。水上さんは、福井に「若州一滴文庫」というのをつくって、自分の書庫を開放し、そこで竹人形の芝居をやったり、自分の気に入ったものを、こつこつと自主出版みたいに出していくとかやっている。その水上さんが、このあいだ『才市』という小説を書いた。あれはとってもいい小説だよ。七十歳にしてできる仕事ってあると思うね。こつこつと、一つの山みたいなものを築いている。俺、すごいなと思ったよ。

柄谷　僕は、七十歳になったときのことは想像できない。ただ、今世紀は生きようと思っている。

中上　今世紀、あと何年？

柄谷　十一年。

中上　あと十一年か。

柄谷　ぶざまなことはしない。そんなだったら、首をくったほうがいいと思う。まあ、自衛隊までは行きませんけど（笑）。

中上　それは物書きにみんなあるよ。
柄谷　あるのかな。
中上　ありますよ。
柄谷　君にあるだけじゃないのか。
中上　俺は自分が書けなくなったら、そんなオメオメと生きていたくないし、まだ生きていたいというなら、筆を折って出家か何かすればいいんだ。筆を折って一切やめて、チベットでもどこでもいいよ。
柄谷　それは非転向だな。
中上　そうだ。非転向だよ。
柄谷　今、そういうのがいないんだよ。

浅田彰と絓秀実

中上　何で物書きは頭が悪いんだろう。
柄谷　ＩＱとか、そういうことも関係があるんじゃないか（笑）。
中上　新人賞のときに、ＩＱを書けって言えばいい。だって、高橋源一郎にしても、基本的にＩＱは低いだろうと思うよ。

柄谷　あれは、灘では成績優秀だったんだろ。

中上　それから、何とか伝を書いた小林（恭二）とかもさ、低いと思うよ。

柄谷　あれは東大出だ。

中上　東大はIQを問題にするのか。

柄谷　いや、入試に通ればいいんだ（笑）。

中上　浅田だってIQ高いんだろう。

柄谷　彼は、まちがいなく高いだろう。やっぱり君は、浅田に対しては若干の嫉妬があるよ。

中上　ないよ。

柄谷　昔はあった。僕もあった。僕は、浅田君は批評家になるだろう、と思ってるんですよ。文学の批評のほうに入っていくだろう。

中上　そうせざるをえないでしょう。ただ、文学の批評なんてつまんないから、小説でも書いたほうがいいよ。

柄谷　文学の批評に入っていくというのは、小説の批評をするということじゃないよ。

中上　原論か。たとえばポーの『大鴉』を論じるみたいな。

柄谷　そんなことでもない。日本の言説のリアリティの中に入っていく、ということですよ。それは文学にしかないいんだね。僕が批評っていうのは、小説がどうのこうのとかいうことじゃないんだ。

中上　もちろん。浅田は、もう早い段階にやらないとだめだ。あんなふうにチョロチョロやって、対談とか何とかで吼えてるだけじゃなくて。あれは浅田のいいところじゃなくて、悪いところだ。無難のところで、絶対に怪我しないようにしている。怪我でも何でもすりゃいいんだ。俺ももう四十二歳だから、正直に言うよ。浅田は才能はありますよ。だけど才能があるんだったら、そんなふうに迂回してないで、大胆にやったほうがいいよ。才能のあるやつにはそう言いたいね。

柄谷　浅田君に関しては、僕も同感だ。才能ということでいえば、いろんな若い人たちが出てきたと思う。しかし、僕は一人、批評家で本当に才能があると思ってるやつがいる。

中上　誰ですか。

柄谷　絓《すが》秀実ですよ。

中上　絓はいいよ。

柄谷　僕は、彼の才能を疑ったことは一回もない。

中上　こんど「海燕」に書いてるのは、文学原論ですよ。とてもいい。これは絓のすごくいいところが出ている。

柄谷　彼の地を出すと、優秀だね。たとえば、磯田光一がどうのと言うけど、絓のほうがずっと優秀ですよ。それを今の文芸雑誌は理解していない。

中上　俺は、絓を多用しろ起用しろ、と言ってる。そうとう優秀だよ、本当に。
柄谷　しかし、一遍、外国に行ってほしい。
中上　俺は、シカゴ大学に行けと言ってるんだよ。シカゴという、何にもないところで、ただ原論だけやって、ときどきケタケタと笑いたくって……。
柄谷　彼は、ケタケタと笑うから、尊敬されないんだよ（笑）。
中上　カラオケ好きだし。
柄谷　絓秀実は「みにくいアヒルの子」なんだ。自分がわかってない。他人が、おまえは白鳥なんだと言ってやらないとね。
中上　たいへんだな。
柄谷　絓君は、アヒルの子のつもりでやってるんじゃないかと思う。白鳥の子のつもりでやったらいいんだけど。
中上　絓のものをちょっと続けて読んでみると、すぐわかる。文芸雑誌の連中は続けて読んでないんだよ。編集者が、批評を読めない。今の状況を口当たりよく、自分たちが否定されない形で上手に説明してくれるやつを求めてるから、そういうのを多用するようになる。
柄谷　だから、松本健一のようなどうしようもないのを、偉いと思っているみたいだ。
中上　俺は、松本健一の話は保留してるんだ。たしか毎日新聞で、俺の『重力の都』を批評したのは松本健一だ、と大体わかってるんだけどさ。やるときは徹底的にやる。松本は、なんか卑しいんだよな。

柄谷　卑しい。頭もないが度胸もない。

中上　もし、松本健一が「毎日」に匿名で書かなかったのであれば、平身低頭しなくちゃいかんけど、『千年の愉楽』の書評に出たときに、松本健一はすごく汚いかたちで悪罵を投げたんだよ。松本健一だけだよ。個人的に何かあるとしか思えないよ。

柄谷　僕は、たまたま今月の「歴史という物語」というのを読んだけど、こんなのゴミだ。

中上　それはゴミです。

柄谷　こんなものを文芸雑誌に載せるべきじゃない。総合雑誌でなら通用するだろうが。松本が北一輝だの保田與重郎など口にするのは、しゃらくさいよ。

中上　つまり、右翼と保守論壇には、論の立つやつがいないのよ。せいぜい西部邁さんくらいなんだ。西部さんでスターになれるんだ。

柄谷　あの程度でね。

中上　そう、俺が、あの程度と言ってもいいさ。だけど西部さんで論が立つわけ。他は全部メチャクチャなんだから。そこで松本健一は商売しちゃったんだ。

柄谷　ともかく頭が悪いんだよ。頭が悪い人は批評家になっちゃいけない。小説家に負ける。

中上　そりゃ、そうだ。

柄谷　つまり、批評家なんてものは、ムチャクチャに頭がよくなかったらだめだよ。それ以外に何で小説家に対抗できるの。

中上　わかりきったことですよ。

柄谷　むろん、小説家一般のことなど指してやしないけど。

中上　もう一つ、批評家は圧倒的に作家より本を読んでいないとね。

柄谷　しかし、大江健三郎のように本を読んでる人はいないね。

中上　そうだろうな。

柄谷　それでみんな、大江をやっつけるんだから、世話はない。

中上　誰も、やっつけてないよ。

柄谷　やっつけられないだろう。

中上　うん。俺だけだよ、やっつけられるのは。

その発言、初々しい

中上　ただ、俺は単純に言うと、大江さんを褒めても、古井さんを褒めても、一遍通ったと思うんだ。ということは、俺の前に誰もいないんだよ。大江さんは、俺の前におおい被さる存在じゃない。それは、四十二歳になったということが最大の条件で、もっと若かったら、俺はすごいやきもちを焼いてるかもしれない。だけど今、俺の前に作家として立ち上がらない。そうすると、俺が何かしなくちゃいかん。自分しかないという思いがする。

柄谷　そうだね。だから、先がわからんわけよ。

中上　十年後に月の砂漠にいたみたいな、そういうところにいるかもしれない。

柄谷　十年前の「小林秀雄をこえて」のときは、まだ、前はあるという感じがわりとあったけど、それが今はもうまったくない。

中上　たぶん、これからの十年間のほうがきついね。

柄谷　それはきついよ。まあ、僕がすごくうれしいと思っているのは、中上がようやく厄年を脱したということだ。『奇蹟』もよかったし。それまでの君の言動は、とりあえずカッコに入れている（笑）。これからが勝負だ。僕も厄年のころはひどかったけど、それはカッコに入れてもらっている。

中上　突然、禁煙したりね。

柄谷　恥ずかしいことを、いろいろやった（笑）。

中上　十年前に較べると、外国問題も含めて、やっぱりスケールが違ってきている。

柄谷　リアルになってきたね。あのときは「交通」といっても、現実に交通はなかったけど、今は現実に交通がある。僕らは、べつに西洋ではこうだとか、アジアはこうだとか、そういうことを言っているわけじゃない。つまり、どれくらい小林とか、宣長という流れの外に出られるかということを、ずっと実験してきたわけだ。これからも、もっと続くけど、その実験の結果が今である、ということを理解すべきだね。ある意味では、今は十年前よりもはるかに後退しているよ。

中上　状況は、もっと悪くなっている。確かにそうだよ。

柄谷　そんなことを言っても、こっちがたんに威張ってるように思われるのはシャクだね。十年前もそうだった。

中上　若いやつの仕事でも、簡単に交通とか何とか言うけど、そんなものはまるで違う。俺らが言ってるのと違う。やめてくれ、と俺は言いたいよ。ほとんどわかってない。わかってないで蔓延している。つまり、通りのいい文壇用語としてね。そして、たちまち『イミダス』に収められる。「交通＝文壇用語。……」とかね。

柄谷　「物語」とか。

中上　「物語」もだ。

柄谷　僕は、切れば血が出るものが交通であり、物語だと思う。

中上　俺は、そう思ってるよ。だから、我々は、「元祖交通」「本舗物語」とかさ。

柄谷　僕も中上もたんに偉そうに言うんじゃなく、言ったぶんの責任はとるということで、いつでも物を言っている。

中上　それで、さらに時間があれば、内と外だとか、そういう細かいことで論じたいけどね、手短にしゃべれる問題じゃないな。内と外の問題というのは、柄谷の『探究』の最重要なテーマでもあるよね。あるいはずっと十年間の、最大のテーマかもしれない。

柄谷　僕はここ数ヵ月、『探究Ⅱ』を書き直しているけど、『探究Ⅱ』は理論ではないんだよね。つまり、自分の生きているということの論理化みたいなものだ。これが小説家にどう響くか、それは全然わからない。しかし、小説家にどう響くか、などということとはまったく関係なく、十年の間、自分では徹底的に煮詰めたという感じはある。ともかく生きている条件みたいなものを、徹底的に論理化したいという、それだけでやってきたんだね。

だから今、僕が言ってることがどういう意味を持つかなんてことは、どうでもいいことなんだ。だけど、俺がやったみたいに生きることは、他の人はできないだろう、という気はするんだよね。僕は、もちろん理論でしか物を言ってないけれど、それは同時に、生きることなんだ。マルクスもそうだったんだと思う。しかし、みんなそういうことはわからないだろうね。

中上　何人かしかわからないね。

柄谷　僕は『探究Ⅱ』を書いてみて、つまり、自分が生きることの根拠そのものを、自分で書いているわけだから、その方向で行くほかないだろうと思う。こんなことが大体、文学としてありえるのかどうか知らない。そういうことが文学だったり、批評だったりするのかどうかも知らないんだよ。哲学であるわけでもないと思うし、ほとんどわからない。

中上　初々しいよ、その発言たるや。たとえばデリダは、そんなこと絶対に言わないよ。初々しいよ。なんでそんなこと言うんだよ。僕はやりました、と言えばいいじゃない。

柄谷　俺はいつでも初々しいんだよ（笑）。しかし、君の二年ごしの小説『奇蹟』が出たばかりだし、僕の二年ごしの『探究Ⅱ』もまもなく出る。その時点で、もう一度突っこんだ話をしてみよう。

［「すばる」一九八九年六月号］

路地の消失と流亡

——中上健次の軌跡

十代と上京のころ

柄谷　きょうは中上健次特集ということなので、インタヴューのかたちでやりたいと思います。とりあえず昔話から始めたい。それはある程度、作家中上健次を考えるための資料になるでしょうから。

僕が観察するに、中上健次には大雑把に言って、節目が四つくらいあるように思われます。最初の節目は、僕と会う前ですが、東京に来て「文芸首都」に入って、そこで作品を発表し始めた時点ですね。そのあたりのことから聞きたいと思います。僕もよく知らないから。

東京に出てきたのは、予備校に入るというので出てきたのですか。

中上　ええ。結局、出てきて学校受けなかったんだ。

柄谷　受けなかった。落ちたわけじゃない。

中上　落ちたんじゃなくて。これは今から考えると、もう神話みたいなものですけど。親の許可を得ないで出てきたんですよ。東京に行くぞってことは、わかっていたんだけれど、いつ行くのか、行っていいのかどうかという許可を得ないで出てきたんです。たまたま同級生の兄貴が東京に帰るついでに、同級生もくっついて行くというので、それじゃ俺も連れて行ってくれ、と。それで彼について東京に来たんですよ。

その前、高校にいるころまでは、もちろん大学に行こうと思ってたんだけれど、東京に着いたその日に、新宿のモダンジャズ喫茶に連れて行かれて、ジャズを聞いた。その次の日は一人放ったらかしにされてしまって、それじゃ昨日と同じ店に行こうと思って新宿まで来て、そこで違う店に入っちゃったんです。歌舞伎町のチンピラばっかり集まっているジャズ・ビレッジというところです。そこに入っちゃった。それからは、そこが面白いからというので入りびたりになって、結局は、大学に行くというのも、それほど強い目的じゃなかったんでしょうね。だから毎日入りびたりになっていた。

柄谷　家はどうしたの。住まい。

中上　だから住まいは友達の家。

柄谷　さっき君はちょっと変な言い方をしたね――「親の許可を得ないで」とか――そういう「許可」とかいう感じはあったわけ?

中上　いや、ない(笑)。だいたいうちの親父もおふくろも、学校がどういうところか、あまり知らんのですよ。

柄谷　うん、うん、僕も君の結婚式で会ったから、それはよくわかる。

中上　なにしろ東京行って何かやる、勉強する、そういうことが何かボウッとして、具体的にリアルにわからないのですけれど、「僕行くから」と言うと、「ああ、こいつは俺たちと違う世界に行っちゃったのか」という程度の認識なんです。それで、そこに行っていいかどうかという許可なんですよ。

柄谷　でもまあ、何か親孝行な感じはしますよ（笑）。

中上　まあ、それが柄谷さんに出会う前ぐらいです。

柄谷　僕と会ったのは六七年（昭和四十二年）の秋ぐらいだった。

中上　東京に出てきて、二年目ぐらいですね。ほとんど新宿でチンピラといっしょにジャズを聞いて、その辺りをうろうろしていたのです。それ以外、何もしなかった。もちろん、詩を書いたり、小説を書いたり、そういう生活ですよね。金はもちろん親をだまして。

柄谷　親には、大学へ行ったことになっていたのでしょう。

中上　実は、あのときはまだ、親についている嘘の話では、予備校生だったわけ（笑）。会って「あっ、そうだ、やっぱりそろそろ大学に行かないと駄目だ」と思って、物語上で今度は、僕は大学に入ったと嘘をついたのです。入学金と参考書代とか親に全部送ってもらって、架空ではちゃんと、予備校生活をして、大学生になったというストーリーを作った。

柄谷　あの時期は、「中卒は金の卵」とか言われた時期で、集団就職のことが話題になっていた。そういう水準から見ると、中上君なんかは、すごく恵まれているほうだと思いますね。

中上　それはやっぱり、土方の親方の家ですから。成金の家ですね。

柄谷　大学に行かなかったというのは、たんに行かなかっただけですね。行けないような環境にあったのではない。

中上　だから、行こうと思ったらいつでも行けた、という状況ですよね。大学へ行かなかったのも、意図的に強い意志で、行かないで自分一人で勉強するんだという、そんなツッパリではなくて、そこに行くよりこっちのほうが面白いという、そういうことでぐずぐずと生活し始めて、結局それが習い性みたいになったんですよね。

柄谷　早稲田の学生運動に、偽学生みたいにして紛れ込んだ時期があるでしょう。

中上　それは10・8の羽田に僕が行く前か、羽田闘争のときは何年だっけ？

柄谷　六七年でしょう。僕と会った後すぐ羽田デモへ行ってるから、それより前に、もう早稲田にいたわけだね。彼らは騙されていたの？（笑）。

中上　そりゃそうだよ（笑）。そういうことやってる奴って、どこの何学部の学生だとかいちいち言わないでしょう。

柄谷　言わない。しかもいろいろ混じってたから、あのときは。

中上　例えばブントの場合は小さかったし、やっぱり潰滅的にやられていたから、早稲田の法学部の地下にあるそのセクト、その場所へ行くと、やっぱりいろんなところから逃げてきている奴らがいる。例えば法政大学でやっていて、法政は中核のほうが強かったりするから、そこにいられないというのでとりあえず早稲田のセクトへ来たりとか、そういう寄り合い所帯みたいになっていたから、俺がそこにいて学生とか言っても、誰も問わないわけよ。

柄谷　勉強はやっていたの？　つまり左翼の理論を。

中上　うん、理論的な勉強はしたよね。もちろんそういうことをやっているときは面白かったね。早稲田の法学部の地下に行くと、当時は他のセクトとしょっちゅう内ゲバがあったでしょう。が、たまたまそのときは何もなくて、ただ集まっていたんです。今は戦旗派の荒っていうのがいるだろう、日向翔とかカッコいいペンネームの。彼はサブかなんかにいたんだけど、彼が、僕が文学をやってる、文学が好きだというのを聞いて近づいてきた。彼自身が文学青年みたいなところがあったからね。

柄谷　荒正人と関係あるみたいな噂を僕も聞いたことがあるけど、それは荒正人の娘によると違うということだった。

中上　彼が、「中上、じゃ話してみろよ」と言うんです。それで俺がプロレタリア文学批判をやった（笑）。
そこで、子供のときに読んだプロレタリア文学というものが、どうして駄目かということを、どういう論旨だったか知らないけれど、みんなの前で一所懸命講義した覚えがある。当時みんな同じような年代だし、どれ一つ読んでも損になることなかったでしょう。みんな議論好きだし、面白かったな。

柄谷　もう一つは「文芸首都」だけど、これは高校から知っていた？

中上　そう、高校時代に知ってました。というのは新宮に本屋があって、あの当時はませくりかえっているガキだから、いろんな本を読むでしょう。どちらかというと単行本を読むよりも文芸雑誌を読む。さらに文芸雑誌よりも、もっとマイナーな雑誌を読む。そうすることで何か通ぶっていたんだね。

それで「文學界」とか、そういうのも読んでたけど、それよりもっと通のほうの、同人雑誌とかなんかに載っている小説を読んでたほうが面白かった。今から考えても、それらはそんなに違いはないのですよ。「文芸首都」の作品と、文学的といわれていた文芸雑誌の作品と。

それで僕の高校生のときに書き始めた小説が、『俺、十八歳』という、これは『十八歳』というタイトルになったんですが、高校時代に書き始めたけど、書いている途中で高校を卒業しちゃったんです。卒業して東京へ来ても、まだ書き終わらなくて、五月ぐらいになってやっと書き終えたんですよ。それで田舎の高校の文芸誌に送ったら「いや、もうお前は卒業したんだし、しかもこのテーマは高校生の雑誌に載せるようなものじゃないから、大人の雑誌に投稿したらどうなんだ」と言われたんですよね。ちょうど「文芸首都」を知っていたし、百五十円出せば投稿できるというから、それで送ったんですよね。

柄谷 人としては知ってたわけじゃなかった。

中上 そうじゃなかった。

柄谷 僕は君と長い間つき合ってきて、こういう話は一回も聞いたことがないんだけど、高校のときはどうだったんですか。

中上 全然できない、成績。

柄谷 いや、君が文学をやっているってことは、みんなが知っていたわけ？

中上 いや知らなかった。何よりも体の大きな生徒だったし、怠け者の生徒だった。ときどき柔道部とか相撲部とかに顔出したり、突然コーラス部に顔出したりする生徒で、ただ、こいつはこんな道に進むんじゃないかと言われていたのは、音楽の道だった。

柄谷 その音楽は、どんな音楽なの。あなたは前に、クラシックをやろうと思ったとか言っていたけど（笑）。

中上 クラシックに一番接近したのは中学時代なんです。うちの田舎の中学なんかは、音楽的にカンのいい奴とか、歌のうまい奴に、まるでコーラスに関係なくても、コーラス隊に入れというわけで、引っ張った。それでコーラスを一年ぐらいやって、郡の大会とか県の大会とか出るでしょう。そうこうするうち、こいつはうまいとかカンがいいとかいうんで、先生が高校は東京の音楽高校へ入れたほうがいいんじゃないかと、うちの親のところに言いに来たんです。うちのおふくろと親父はものすごく怒って（笑）、本当に何て言うか、塩撒くみたいにした。

柄谷　ふーん、わかりますよ。僕も、いわば塩撒かれた口だから（笑）。

中上　追い返された。僕はそのとき、何となく期待してたんでしょうね。何かちょっとショックだったですね。それで音楽というよりは、ちょっとずれたんだけれど文学へ。ただ高校に入ってからも音楽はずーっと好きで、もっぱらレコードなんだけどクラシックをしきりに聞いていた、そういうことがあります。

柄谷　音楽とか文学とかはそうであったとして、暴力性はなかったの？

中上　暴力性は中学のとき。中学のときは不良少年です。

柄谷　それでは、高校時代は内向的な高校生という感じだったわけ。

中上　内向的な高校生というより、ボウッとしている。

柄谷　いつだったか、こういうことがあったでしょう。竹田青嗣がフッサールを水のように読めると言って、僕ら大笑いしちゃったこと覚えている？

柄谷　そうだっけ。

中上　竹田青嗣がそう言っていたんだよ。それで言えば、あのとき高校時代、俺はニーチェを水のように読めると思った（笑）。ボーッとしていて、何していいかわからない状態で三年間過ぎた。だから勉強してもしょうがない、本読むのは好きだったけど、それは、ことさら本を読んだというようなものじゃない。暇つぶしに読んでいるにすぎない。音楽は好きだけど、音楽だって、自分が専門家になっていくという方向は閉ざされている。音楽やってみてわかるのだけれど、やっぱり西洋音楽は三つくらいからやってないと駄目なんですよ。

柄谷　それはそうですね。

中上　そうすると、後から我武者羅にしたとしても駄目だし、自分の周りを見ても、ピアノの音が鳴っている環境じゃないわけです。すごく閉ざされている。

柄谷　でも作曲は違うかもしれない。

中上　いやほんと、僕は作曲家になりたかった。ただ、それにしても周りに音がない。本質的に音がない。それはもう絶望的だった。

柄谷　それはそうだろう。坂本龍一は逆に親に強制されたけど、結果的にそれがありがたかった、と言っていた。

中上　彼にはそれは周りで備わっていたから。

柄谷　そういう訓練は、自分の意志ではできない。

中上　そういうことで言ったら、僕には音がない。中学のときに先生に言われて、なんとか音楽の道に進んでいたとしたら、まだ方向があったかもしれない。曲がりながら、伝いながら、どこかへ行くことができる方法があったかもしれない。そこがなくて、その上、塩撒かれて閉ざされてしまった。そうすると全くその方向はないわけです。それが、神話みたいなもんだけれど、東京に来て一日目にジャズを聞いて、「ああ、これだ」と思った。

柄谷　それでやれると思ったの。

中上　いや、そうじゃない。求めても求めても、構築的な音楽はほとんどないし、なにせ僕には音がないでしょう。音楽はものすごく好きなんだけれど、駄目だ。そうかといって、俺たちがベースにしている浪花節とか都々逸だとか演歌だとか、あるいはアジアの土俗的な音の領域、それもいやだ。両方駄目だ。両方いやだった。音に対する感性は、幾何とかの物の考え方と共通すると思うのです。ジャズを聞いて、「あっ、これだ」と思った。両方ぶち壊せるし、両方に強いし、両方に融合しているみたいな、そんなふうに捉えたんですね。

柄谷　はじめにクラシック志望者だったということは、大事なことだね。

中上　ものすごく大事ですね。特に後に自分が長篇小説を書こうと思ったときに、これは小川さんとの対談（「文藝」一九七六年二月号）で言ったことなんですが——最初に対談したのが小川国夫さんでした——自分がどんな長篇小説を書きたいかと問うて、まだそんなこと考えてもみなかったのです。今まで短篇小説は書いていたけれど、長篇の素材なんか持ってないし、しかし、ただ長篇を書きたいと思ったの。

その長篇小説はどんなものかというときのイメージとして、ポリフォニーをやりたいと思った。何もバフチンの理論じゃないですけれど、ポリフォニーとはクラシックの音楽の理論なんですね。ポリフォニーは、発展させたらオペラになったりと、どんどん広がっていく。

柄谷　僕が去年ニューヨークで坂本龍一と話したときに、彼は、日本から来るとヴォーカルは絶対負けると言うんだよね。自分がある程度通用するのはクラシックをやっていたからだ、と。それが普遍のベースとしてあるでしょう。それでなんとかポピュラーのほうでやれる、というようなことを言っていました。

中上　私もそうだと思いますね。文学も、そこでも苛立つのだけれど、文学というものに換算して言うと、やっぱり基本的には西洋種でしょう。西洋音楽を最初にベースとして持つのと同じような感じ、あるいは目覚めとして、西洋音楽で目覚めさせられたというのと同じです。ただ、書き続けていくと、じゃこれは西洋種の公式的なものなのか、本当に自分の思考に合ってるのか、あるいは、それをこの土台にいつまでも刻み続けていいのかどうか、そういう迷いが出てくるでしょう。

柄谷　それはそうだけど、やっぱり根に構築がないと、壊すということが成立しない。それは必ずしも西洋的なものとは思わない。中国も構築的だし。

中上　もちろん今の、特に二十世紀の音楽なんて、構築的ということで言ったら、マーラーにしろなんにしろ、構築的でないものがどんどんクラシックに入っていますから、何も西洋というのにこだわる必要はない。西洋自体が自己解体している。

羽田空港の労働者のころ

柄谷　その次に、節目みたいなものがあるとしたら、これは僕のよく知っている時期だけれど、結婚して羽田空港に働きに行ったでしょう。それまではフーテンみたいなものだから、そこが一つの転換だったろう。

小説のほうも変わってきた、と思うのです。初期のは、やっぱり大江健三郎の影響を受けていた。『十九歳の地図』は予備校生なんだけど、あれはむしろ羽田の労働者という感じだね。あそこから違う要素が出てきたと思う。どんな感じだった？　それまで働いたことなんてないんだろう。

中上　そう、それまで働いたことなかった。だいたい柄谷行人と中上健次というと、普通、全然土壌の違うところから出てきていると思うかもしれないけれど、意識としてはほとんど変わらなくて、坊ちゃんですよ（笑）。実際に具体的に働くことの労働というのと出くわしたのは、やっぱり羽田に行ってからでしょうね。

不思議な感じだったんですよ。スパッと切れるんです。その前のフーテン生活、全く何も働かないで、ただただ親から金をせびるだけせびる。そういう生活から、今度は一切何の援助も受けないで、自分の労働だけで生活する。スパッと切れるのです。

柄谷　実際、切れたんじゃないかな。

職場では、君は……。

中上　字書けなかった（笑）。

柄谷　代わりに他人が書いてくれたとか。

中上　そう、職場では、字が書けないと思われていた。

柄谷　僕は七一年ぐらいかな、ヨーロッパに行くことになって、中上が見送りに来るというから、空港で待っていたんだ。ところが、いくら待っていても来ないし、どうしたのだろうと思っていたら、飛行機の中からナッパ服みたいなのを着て、ロビーまで出てきたんですよ。

待っていた客が、みんな仰天した。——というのは、その当時ハイジャックが流行っていたんですよ。実際そのとき僕はギリシャに行ったんだけど、アテネ空港で僕が着いた次の便に空港乱射事件が起こっている。だから、飛行機の中から変な男が作業服着てロビーまで出てきて、僕と何かひそひそ密談している。僕はその後、警戒されたよ（笑）。

中上　入り口でみなチェック受けてるでしょう。しかしハイジャックとかなんか、こんなの簡単じゃないかと思えましたね。僕は正式な職員として羽田で働いているでしょう。だからランプ・パスというのを持ってますけれど、臨時の職員なんかには、臨時に発行するんです。その臨時の中に学生運動崩れの奴らがいっぱいいるんです。もしやろうと思えば、簡単なんですよ。

柄谷　そのころだっけ、永山則夫についてのエッセイを書いたのは。「映画芸術」だった？

中上　いや、あれは「文芸首都」。永山則夫について書いたのは、「文芸首都」だから、まだ羽田に行ってないときですね。

柄谷　ああそうか。たしか「映画芸術」にも書いているね。

中上　永山に関して言うと、当時は、同じ根の二つの道だと思いましたね。永山と同じような生まれ育ちで、一方は学校へ行かないで犯罪者になった、一方はまあ、その後に一応金があったから、犯罪者にならないですんだ。それだけの違い。すごいショックだったですね。

柄谷　やっぱり文学というものには、ある程度余裕がいるわけだよね。本を読むとか。

中上　そうだと思いますね。

柄谷　それがないと難しい。

中上　膨大な言葉と文字とを、身に受けてきていると思うよ。親たちとか、家の中、自分の身の回りには、本なんか一冊もなかった。親たちは、本がいらないような生活をしていた。しかも、おふくろなんか文盲だし、周りもみんな教育受けてないのと同じみたいなものです。じゃ何があるかというと、語りの世界ですよね、文字を読み書きするというよりは。おふくろはもともと婆さん子だったから、物語をどっさり知っていて、僕にも話して聞かせてくれる。そういう語りの言葉がいっぱいある。

それと当時、新宮の「路地」の中では、子供会の動きというのが活発だったのです。ちょうど平和と民主主義とか、そういうことがさかんに日常的に言われた時代ですね。

柄谷　五〇年代ですね。

中上　あの当時かな、勤務評定のことなんかで同盟休校する。先生たちも、それこそ初期のソビエトを作ろうみたいな動きが、教育にあった時代ですよ。新しい価値を作りだそうという熱意があった。授業が終わってから子供会というのがあって、楽しかったのです。「路地」の中だから、「路地」というのは学校へ行かない奴が多かったりするから、先生たちが一所懸命出かけてきて、勉強を見てやる。だいたい週に二回か三回ある。そうすると僕らは学校行っているけれど、行かない子供たちが来てワイワイ騒いだり、もちろん勉強してもいいんですけれど、ほとんど騒ぎですね。そのときに「路地」の話好きな人が来て、話を自分で作って話すとか、子供たちで幻燈会をするとか、勝手に芝居を作ってやるとか、いろんなことをやった。そういうことが活発にあった。
　そういう一番いい時期に、僕はその子供会にいたのです。そこには、おふくろたちのふつうに言う語り物というより、もう少し違う社会化された語り物、そういうものがあった。さらに、僕は本に飢えていたから、図書館をよく利用した。図書館のものは、ほとんど読んだのじゃないかな。そういう書き文字と語り物の言葉の両方を、僕はどっさり身に受けた。

柄谷　それは、今の君がやっている熊野大学と繋がっている。その体験に基づいているのだね。

中上　うん。もう少し自分の問題を整理して言うと、今のロシア、ソビエトを見てもわかるように、国家がどのように出来上がって、どんなふうに解体していくのか、ということがありますね。しかし僕が見たいのは、それ以前の、ある一つの理想だとか思想だとかいうものですね。それをどう作っていこうかという熱意、あるいは熱情みたいなもの、と言ってもいい。それが今は費《つい》えて、何か尻すぼみになっている。
　当時は、あのときの子供会の活動とか、教育というものが、ほんとに価値として掲げられていたんですよ。この子たちに教育を与えなくちゃいけないのだ、教育によって人間は変わりうるんだという、自覚と自信みたいなものがあった。それに対して、大人もみんな真面目に考えていた。だから、先生たちが勤務評定を導入されるというので、親たちが、うちの親までですよ、同盟休校で休校させた。そういう時代の子供たちでした。

柄谷　戦後民主主義とか言うと嘲笑することが、七〇年代くらいから紋切り型になってきたと思うのだけれど、五〇年代ではそんなことは言えないね。嘲笑はできない。それでは第三世界は絶対に理解できない。

中上　ソビエトを理解するにしても、あるいはまた中国に対するにも、理解とか想像力を働かすのに、やっぱりあのころの民主主義の時代を通らないと、ほとんど無理じゃないかなと思う。自分の過去を振り返って、そして今ソビエトに起こっている問題を見ていると、もう、このあたりまで言葉が迫《せ》り上がってきているのです。まさに、それは文学の問題なのだと思う。今出て流されている言葉は、みんな本当の言葉じゃないね。テレビで浮遊するお笑い芸の言葉みたいなものですよ。

柄谷　ソ連に起こっている出来事は、共産主義の終焉とかいうことじゃない。ある意味では、もっと古い問題の露出ですね。それを同時代的に感じる想像力を、今の日本人は失っていると思う。

芥川賞受賞と被差別部落問題

柄谷　次の節目は、芥川賞を取って一、二年後に、ある行動を起こしたことではないかと思うんです。

僕は七五年からアメリカに行ってるんだけれど、その翌七六年に、君は芥川賞を取っている。僕は七七年に日本に帰ってきたのですが、君はその前に『枯木灘』を書いていた。この作品は画期的なものだけど、きょうは、別の観点からそれを考えたい。その時期に一つの転換があるとしたら、被差別部落の問題をはっきりと言うようになったことでしょう。

中上　そうそう。

柄谷　あれは「朝日ジャーナル」（一九七七年三月十八日・二十五日号）の安岡章太郎、野間宏との座談会ですよね。僕はその前から長いつき合いがあって、うすうすわかっていたけれど、本人からは聞いてなかったからね。やっぱりこれを表に出すということに、あなたの中で転換があったのじゃないかなと思うのです。それは、どういうことだったかを聞きたい。

中上　そうですね。そう、こういうことなんですよ。被差別部落の問題は、別に言わなくてもすんだかもしれない。なぜなら被差別部落の問題というのは、私にとっては、ほとんど文化の問題ですから。社会事情の問題とか、もちろん出てくるのだけれど。そうすると、それはいわゆる日本の文化の問題になります。徹底性をもって思考しているとか、語っているとかすれば、これは、こっちから被差別部落の問題に入るんだよと言わなくたって、全部そんなこと言う必要もないんじゃないですか。

柄谷さんと話してて、あれは僕らがつき合ったのは二十歳くらいからですね、それで芥川賞もらったのは二十九歳くらいで、それまで九年間くらい、ことさらには言わなかったけれど、それは言わなくたって、僕は一貫して被差別部落のことを書いている、とも言えるし、そうじゃないとも言える。

柄谷　まあ、僕のような者にとっては、それを聞いたところで、それがどうしたと言うだけですけれど、世の中では違うでしょうね。

中上　ただ他人から、外から貼られたレッテルみたいなものに対して、そうなんだよと打ち返す挙に出たのが、安岡さんと野間さんとの座談会からですね。

そのとき、こういうことがあったんですよ。今から言うと、ちょうど資料的なことになりますが、あそこで僕は直接実際に喋っているのだけれど、それを消してください、と言っているのです。他人の話として書いてください。僕は被差別部落出身であってもいいです。それは確かにそうだ、だけどこの話は、他人がこういうことが起こっているという話を僕が聞いたことにしてください、と言って喋っているのです。だから本当は、そうじゃなくて自分の話なんです。
　それから、その座談会があって、僕は一種ついに始まったなという意識があったんです。ついに始まったとは、どういうことかなあ……。自分の文学あるいは自分の考えていることを徹底すれば、被差別部落の問題ということも全部入ってくるんだということを、言ったたって言わなくたって、どうってことないんじゃないか。だけど、それをあえて言うという挙に出た……。そこから始まったんです。

柄谷　それは、それを言うことで自他ともに歴史に関わってくるというか、そういう転換になってるんじゃないですか。例えば、あの後に紀州をルポした……。

中上　紀州のドキュメンタリー『紀州　木の国・根の国物語』（一九七八年七月刊・朝日新聞社）。

柄谷　ああいう仕事は、古典の問題と具体的に繋がりを持つでしょう。同じように紀州のことを書いても、日本の歴史総体と密接してくる、そのことが、表明することではっきりしてきたんじゃないかな。

中上　ただそうすることによって、なんていうのかな、作家というのはレッテル貼られるのは本来いやなんだけど、それに関してはレッテル貼られておこうとした、それは必要だと思った。レッテルを貼ること――貼ることによって自分を固定し、吊し上げてしまおうと思った。それでそのレッテルを、ブレないで、それはもう引き受けるしかないじゃないか、とね。

ところが、その挙に出たんだけれど、そのうち、そのブレる振幅がもっと大きくなってきた。だから絶えず、カフカ的な状況がどんな状態になっても起こる。今ですら、この僕に起こる。そういう問題に、あそこで突入したと思うのです。

柄谷　うん。今、カフカのことを言われたけれど、カフカの場合、ユダヤ人であることは、周りが知っていることですよね。日本の被差別の問題というのは、ある意味では、本人が言わなければわからないわけね。だから二重の罠があると思うのですよ。

例えば、もしカフカがユダヤ人問題みたいなかたちで文学をやっていたら、カフカのような作家ではありえない。カフカは、ユダヤ人を根拠にはしなかった。しかし、彼がユダヤ人であることは誰でも知っている。君の場合は違います。君が表明すれば、それが「根拠」になってしまう。表明しなければ、やはり別の意味で「根拠」になってしまう。これはダブルバインドですね。

ある程度、外的に社会的にそれを表明するということは、やっぱり書くということにおいて、大きな変化があったんじゃないかと思うのです。

中上　まあ、その挙に出たことによって、どういうことなんでしょうね。芥川賞を貰ったからそういうことをやったとか、そんなことじゃなくて、作家の本能みたいなものです。

永遠に新しくあろうとするみたいな。むしろ僕が芸能人だったら、おそらく言わないんじゃないかなと思うのです。その必要もないしね。作家だから絶えず新しくしようとする、そういう装置を持とうとする。そうすると、はっきりさせることによって、何でもないことが、一つ通ることによって全部新しくなるみたいなね。

だから、ランボーが言う「絶えず現在である」。作家としてはそういうことですけれど、あそこでレッテル貼ることによって摑もうとした。作家としてはそういうことですけれど、それは同時に、生身のとしては、本当にあなたの言う固有名の問題が剝き出しで出てくるわけです。生皮が剝がれて、絶えず問題であり続ける。そういう事態ですよね。絶えず現在であるということは、絶えずドラマが起こり続けているということです。

柄谷　そこで大事な点は、安岡さんも野間さんも、別にだから悪いと言うつもりはないけど、部落問題ということから接近していたことですね。そっちの罠が大きい。結果的には、解放同盟とかの組織とあなたは対立して、向こうの期待に沿わなかったわけですが。それは物書きに一つの根拠を与えてしまう、という弊害があると思うのです。しかし、言わないと逆に根拠だと思う人たちがいるでしょう。だから、表明するということは、根拠をなくすためなんだと思う。

中上　絶えず僕は、根拠をなくして剝き出しの状態で赤剝けでやって、だからことごとくいつも新しいし、絶えず現在である。ことごとくドラマになってしまう。僕は今、六本くらい原稿を書いているのだけれど、そういう衝動がいつもあるのです。全部ことごとく書きつくしてしまいたいというね。

第三の節目としての渡米

柄谷　次は第三の節目です。僕の記憶では、今の根拠の問題ということで言えば、アメリカへ行ったことが大きいと思うのです。一度、ハーレムとの境目に住んでいた。そのとき魂の涙を流したとか書いていたね（笑）。

中上　一一〇丁目ですね。

柄谷　今あそこはよくなっているよ。

中上　そう、もうあそこはハーレムじゃなくなった。ハーレムは今小さくなってますよね。一番面白かったのは六〇年代ぐらいでしょうけれど、僕が行ったときは、まだ七七年くらいかな。

柄谷　七九年くらいじゃないの。

中上　そうですね。まだ、それこそ『ウエスト・サイド・ストーリー』みたいな、ああいうプエルトリコみたいなエリアがあって、ハンドレッド・テンのあたりは、プエルトリカンと黒人が混住している状態だった。ところがその後どんどんハーレムが小さくなって、今でもニューヨークのジェントリフィケーションは進んじゃって、ハーレムが小さくなって、おとなしくなりましたね。町全体に、何となしにきれいにしようという運動が盛んになってきた。

柄谷　前に言っていたけれど、普通は日本人は地下鉄やなんかに行くと怖がるのだけれど、中上が行くと、逆にみんな逃げたとか（笑）。

中上　そうだった（笑）。あのときはずっと太っていて、身体大きかったから。俺がハンドレッド・テンまで地下鉄に乗るでしょう。こっちも、まあちょっと怖かったんですけれど、悪い癖があって、見始めるとじーっと見ちゃうんです。すると向こうは、パッと目線を反らしはじめるんです。

もともとそうなんですけれど、「路地」に生きてても、あるいはハーレムに生きてても、どこに行ってもそうだけれど、内側の人間はみんな優しいやつらなんですよ。そこへ行くと怖いなんていうのは、外側の人間だからですよ。他人がある集団空間に入っていくと締め出される、それは当然ですよね。そういうのを怖いと言うだけです。実際、行くと全然怖いことも何もなくて、むしろ外から来る奴のほうが怖い（笑）。これが現実です。

柄谷　僕も去年、一二〇丁目くらいにいて、一二三丁目がコロンビア大学とハーレムの境目なんです。僕はトコトコ一人で歩いていっても平気なんですけど、普通は行きませんね。

中上　あなたは大丈夫だよ。ニューヨークで飲んで、ひどかったんだもの（笑）。

柄谷　その後に君は、カリフォルニアに半年くらい行ったでしょう。ロサンゼルスか。それから韓国に行った。だいたい外国に行き出したのが、それぐらいからでしょう。

中上　そうですね。

柄谷　僕が羽田を発ったとき、君は言ってたよ。「君空を翔け、僕地を這う」（笑）。だけど君もそれ以後、空を翔けるようになったわけです。それ以降は意外なことに、中上と会うのは外国のほうが多いね。長い間、蜿蜿と話し合うなんてのは外にいるときだけですね。

中上　おそらく、それは二つ理由があると思う。

一つは、その外というのが、自分の思考方法にとってそんなに違和感がない。俺は、こう考えたことがある。最初にハーレムのそばに住んだときに、最初ここであってもよかったんじゃないかな、とふと思った。紀州、新宮から出てきて、東京に来たんだけれど、その東京は僕を助けてくれる、生存できる場所だったんだけど、ニューヨークに来たときに、このニューヨークでもよかったんじゃないかって。つまり東京をAとすると、そのAがB、Cでもよかったんじゃないかと思ったとたん、方々に翔べるようになった。

もう一つ、家族の問題だと思うのね。芥川賞貰って、作家の生活に入ったということがあるでしょう。今まで独り身で暮らしていたのが……。

柄谷　労働もしてね。

中上　労働もして。労働力だけ売って生活していて、それで充足していたわけですよ。それで僕が物を書きたい、物書きになりたい、筆一本になりたいと思い続けていたら、もう時間が惜しくってしょうがなくなってくる。そうなってしまった状態で、芥川賞を貰った。それが二十九歳で、今度は、なんかバランスを取りそこねた。自分の物書きってことと、家庭っていうのが両立しないから。そこでとりあえず子供たち連れて、家族で移動したほうがいいと思い始めたんだけど、また戻ってくると、家族が動かないみたいな状態がある。そうすると、自分独りで動くしかないというかたちになって、家族と離れてしまう。そういうことが起こりましたね。

柄谷　逆に外に出ていくと、家族はうまくいくんですよね。

中上　そうですね。

柄谷　日本では駄目ですね。

中上　そのあたりは、言ってみれば昔の私小説作家はそういうことを素材にして書いたんだけど、そういう作家のかたち、私小説の土壌そのものが壊れちゃってる。

柄谷　作品で言うと、『地の果て 至上の時』が、君が外国に出るようになった時期と対応していますね。あれは、ずいぶん時間がかかってるんじゃない。

中上　はい、そうですね。

柄谷　半分は外国へ行ったでしょう。韓国で書き始めて、それからアメリカのアイオワで書き終わった。

中上　それは「路地の消失」ということと裏腹ですよね。

柄谷　そうです。

中上　例えば大江健三郎は一九六七年ぐらいに『万延元年のフットボール』を書いている。彼は「根所」というか──「根所」というのは『万延元年のフットボール』の主人公の名でもあるけれど──根拠地というか、それを谷間の村に設定した。君が紀州に小説の舞台を設定するようになったのも同じ年ごろですね。

柄谷　そうですね。

中上　だから、ある対応性があるけど、大江さんの「谷間の村」に欠けているのは、歴史性です。あれは、やっぱり理念的な根拠だっていう感じがする。中上君の「路地」というのは、絶え間なく変化している。それは理念的なベースにはなりえない。それ自体が消滅してしまうからね。過去に遡っても同じですね。

柄谷　だから、こういうことなんじゃないかな。「路地」はボトムレスというか。

中上　根拠がないんだね。

柄谷　そうなんです。

中上　ひょっとしたら、というか現に、韓国と繋がっていたり、ブラジルと繋がっていたり、まあハーレムとも繋がっている、そういう所だ。そういうことが、最初のアメリカ行きのときぐらいに見えてきたわけでしょう。

中上　それがますます強くなってくる。つまり、最強の状態が今ですよね。中国見ても、ソビエト見ても「路地」だと思うのですよ。解放同盟は、そのへんのところが見えていない。

柄谷　『地の果て　至上の時』の最後に、ジンギスカンが出てきたけど、それはいわばソ連の問題と繋がっている。

昭和の終焉

柄谷　次の節目は、昭和の終焉あたりかな。僕は喧嘩するつもりはなかったんだけど、君のほうが柄谷批判を蜿蜒とやっていて、それが天皇の死ぬ前後までですね。天皇の死から、また変わっていると思いますけれど。ずっと話していなかったから、この時期の君の言動には、よくわからないものがある。特に、天皇に関してね。

中上　天皇に関しては、時代を区切るというより、いつも共通してあることじゃないか。八〇年代は、天皇が崩御するということで天皇が見えたとよく言うけれど、今だって天皇が大写しに見えてる。

柄谷　もちろんそうだけど、こういうことがあったでしょう。天皇が死んだ日に、「文學界」（一九八九年二月号）の対談（「天皇裕仁のロゴス」＝『中上健次発言集成3』所収）が出た。僕はそのころ、たまたま東大の駒場でゼミをやってたのですが、あれを読んだ学生が「中上さんは今どうなってるのですか」と言うから、そんなに気になるんだったら、ここへ呼んだらどうかと言うと、学生は君に連絡して、実際に君は授業に出てきたわけです。君は、あれは戦略だとかいろいろ弁解してましたけれど、学生たちは、いや戦略とは思えないとか何とか言ってすごくいじめた。

中上　そう、いじめられた（笑）。

柄谷　でも僕は、あのとき、このままあいつを放っておいたらかわいそうだと思った。長い間話してなかったものね。こういうことがきっかけになればと思った。

中上　ああ、仲直りのつもりだったのか。俺をいじめることによって。

柄谷　いやいや、まあ、それはいいよ（笑）。あれで、ある程度はっきりしたから。

僕が最近思うのは、日本の権力の構造を考えてみたときに、やっぱり母系制というのが出てくると思う。厳密にいえば双系制だけど、中国・朝鮮やヨーロッパから見れば、母系的なものですね。それがあらゆるかたちで残っている。だから天皇という名前で言わなくても、今も普通に生きている日本人の構造の中にある、と思うのです。それは、日本におけるポストモダニズムの核心にあると思う。それは文学においても同じことでね。

おそらく、そうした母系的なものは、文化的には和歌というかたちで続いてきている。例えば、明治の新体詩も自然主義小説も、和歌の延長なんですね。藤村や花袋は歌人だった。だけど、本当に和歌の問題を考えないで、そこから離れただけではないか、と思う。それが日本の「近代」だと思う。中上は非常に誤解を招くかたちで、天皇について考えると身震いするとか言ってるんですけれど、突きつめていくと、そこに行くだろう。俺は敵対するけれど。

中上　天皇制に対して？

柄谷　というよりも、そういう構造に支配されていくということに関して。客観物としての天皇制とか和歌とか、そんなものは別に力はないよ。だけど、そうじゃないところのほうに、むしろそれは生きていると思う。

中上　僕は、その天皇制というのと天皇というのと区別したいし、天皇制という中にも、ずっと見てますと、例えば藤原家が主導する天皇制とそうじゃないものとか、幾つかあったりする。もっと厳密に天皇制とか天皇とか言わないと、足すくわれちゃう。和歌といった場合も、もちろん天皇は言葉、和歌であるという、その和歌の中に絡みついた藤原の、俊成とか定家とか、ああいう俊秀の才能たちの意志みたいなものを摘出しないと、単に和歌というだけでは弱いと思うのです。

そういう僕らは、それこそ被差別部落にいて、しかも熊野という場所にいて、じーっと古典を見たり、それから天皇を考えたりすると、例えば西行なら西行、彼の行為が面白く見えるときがある。西行が、藤原の、それこそ冷泉家が管理するような歌の歴史から、どのくらい自由だったか。そういうことは、まだはっきりわからないけれど、ただ彼は自由であろうとした。そういう彼の指し示しているものは、和歌が、あのときの平家以前の王朝の時代の藤原なんかが指し示した伝統の和歌、そして、それとくっついた天皇とは、だいぶ差があると思うのね。

柄谷　うん。そのかぎりで、君は詩と批評の問題を正統的に考えていると思う。日本で、詩というかエクリチュールの問題を考えたら、和歌の問題を外せない。俳句はそれ自体、和歌に対する批評としてある。物語も小説も現代詩も、結局「和歌」をめぐっていると言ってもいい。そういう意味でなら、君の言うことは理解できる。

ただ、あの時点での天皇論議の焦点は、そんなところにはなかった。

中上　だから天皇というのを、簡単に一概に天皇制を否定したとか、批判したとか言えないと、僕はいつも言ってるんですよ。それを天皇ともし言うのなら、あのとき言ったように、あえて二十世紀の作家として言うなら、戦略として言ってるんだと言うしかない。

あれは、吉本さんとの話（「天皇および家族をめぐって」＝「すばる」一九八九年十一月・十二月号）で言ったように、天皇のことを言うと、今自分がやっている文学というものが、本当に混乱した、ブレた存在でしかないんだな、という自覚です。しかし、西洋史の

あなたたち柄谷さんと浅田彰さんが、対談（「昭和の終焉に」＝「文學界」一九八九年二月号）して、天皇が崩御した日に人びとが皇居の前で土下座しているのを、「なんという〝土人〟の国にいるんだろう」と思った、と言う。

柄谷　でも、あの「土人」というのは北一輝の言葉なんだよ（笑）。

中上　まあ、土人というのは悪い言葉じゃないですよ。一見、文脈で言うと悪い言葉に見えるけれど、土人というのは悪くないんですよ。いい言葉だと思います。僕らはときどき紀州の仲間たちと、ここで生き生きして考えているそういう奴を土民と定義し、俺たちは土民と言おう（笑）と言ってるんです。よく考えれば、これはいい言葉だけど、ただ、あそこで土下座している人を「土人」って言うと、ちょっと論が粗いと思うんですよ。

柄谷　それは粗いと思う。

中上　まあ粗く言わないと衝撃与えないから、そう言うんだろうけれどね。

ただ僕は、天皇のことに関して、何やかや言われる筋合いはないんだ。構築的な小説を、僕の前の人は理想のものとしてやろうとした。ところが僕は、構築的な小説をやってしまうかもしれないが、しかし、あまりやりたくない。書けないから言うんじゃなくてね。そういう時代に生きていて、構築的なものは何なのか、ということが見えてきている。その先のやっていることが見えていて、それが一定の批評を持ってやっていくと、文学という言葉自体、あるいは考え方自体が、ひょっとすると、これは構築的なものと同じように先がないものなんじゃないか、人間を不自由にしているものじゃないか、と。

その考えを持ってくると、そうするともう一遍その本来の、例えば自分がアジア人ならアジアの、その中の構図なら構図を、もう一遍見てみようという思いが涌く。そうすると、物語なら絵巻物みたいになるとか、あるいは要《かなめ》があって扇状に広がるとか、それから観音開きにもなるとか、いろいろ構図を考えたりしますよね。それは決して構築的ではない。ツリー状に、上に向かって伸びていくもんじゃない。そういうアイデアが先にすでにあったんじゃないか、と考えていくと、そういうものを展開している物語に行き着く。源氏物語にしろ、そうやってある。

結局、そういったところの中心的な物語は、皇子の物語です。物語論から言っても、これは光源氏の、いわゆる王権から一歩引いた、傷ついた皇子の話ですよ。そうするとアジアの日本の文化のなかで、中心的にずっと天皇が透けて見える。物語の消費者である藤原の手に覆いつくされた天皇が、見えてくる。しかし、藤原流の物語を身につけている自分に気づくと、これに対して僕は、どうこう言うことができない。

柄谷　君はアジアと言ったけど、例えば韓国や中国に、天皇的な存在というのはありえないです。父権制が古代から確立している社会ですから。だから天皇って何かというと、今、君が言ったように、女文字・女文学と切り離せない。つまり母系制の問題というところにいくと思う。

中上　それをうまく権力＝性＝婚姻というかたちでデリケートにやったのが、藤原なんですよ。だから、やっぱり同じこと言ってるんですよ。母権というのと藤原というのと同じこと。それで藤原の果たしたことをちゃんと見極めないと、天皇は見えないんじゃないかと思うのです。

柄谷　僕もそう思う。

中上　僕は、むしろこう思いますよ。柄谷行人のほうが、むしろ僕なんかよりもファナティックに、右翼的になるんだなと思うよ。

柄谷　中上が左翼的に僕を攻めてきたら、なるかもしれないよ（笑）。君の攻め方は間違っていて、俺をどんどん左翼化したんだよ。天皇の死んだ日が、そういう分極化の頂点だったと思う。

中上　僕は、あのとき羨ましいとは思わなかったんだよね。この人は宇宙人だと思った。例えば僕が、天皇が崩御したとき、新しい天皇に変わったとき、本当に考えつめてただパニックに襲われて、自分の言葉は一体何なのかと考えつめて、ただ震える存在というようなものだった。しかし、わが友・柄谷行人は、勝手にやって宇宙人かなんかがものを言ってるような（笑）。いや、柄谷さんはもともと宇宙人なんだけど、僕は、あなたが天皇に関心を持つとは思ってないんですよ。思ってなくても、持つのは、なんでだろう。僕は違います。持たざるをえない。なぜここで被差別部落のようなかたちで差別が存在するか、被差別部落が存在するか、と問うのと、なぜここに天皇が存在するのかと問うのとは、同じ作業ですよ。

柄谷　そうだね。

中上　全くどんな論理もできないんですよ。僕は天皇のほうに関しては、こう考える。天皇を存続させている藤原的なもの、その意志は、自然にできたものではなく、むしろ意志として働いているのだとね。婚姻の形態によってにしろ、あるいは対立する敵を取り込む方法によってにしろ、なにしろずっと意志として働いている。

柄谷　僕にとっては、それが日本のポストモダニズムを象徴しているように見えた。およそ権力について考える人は、父権制をモデルにしている。ラカンでもフーコーでも同じです。だけど母系制が持っている支配というのは、そういうものじゃない。日本の部落問題というのは、そういうことだと思う。

中上　まさにそうです。

柄谷　そういう差別は、中国や朝鮮にだってあるけど、それと違うよね。それは向こうに天皇がいないというのと同じだね。

中上　おそらくその問題ですよ。被差別部落に対する嫌悪とか憎悪とか排斥の仕方というのは、母系的、女性的ですよね。この日本の中に仕組まれた母系的・母権的なもの、それは藤原的なものといえる。これを摘出しないと、どうしようもないですね。僕は、それはまだできないんで……。

柄谷　もちろん僕も、まだできないです。しかし、天皇の死んだ日の発言は、カウンター中上みたいなところがありますね。君も逆にそうだったのだろうけれど。しかし僕は、僕自身も土人だということで、ものを言っている。浅田彰が土人と言うと、本当に土人になるからな（笑）。

中上　それは、みんなショックだったですよ。二人の俊英が、口を揃えて言うのだから（笑）。

柄谷　さっきも言ったように、あれは、あの対談の前に僕が北一輝の話をしてたんですよ。北一輝は、明治天皇をドイツ皇帝のような立憲君主国の君主だと考えていた。それ以前の天皇は土人の酋長だ、と言っているわけです。その話のあとに対談が始まったから、「土人」という言葉がいきなり出てきたのです。確かに、母系制は、ポリネシアとかそういう「土人」に残っています。しかし僕は、それを言えば天皇制の秘密は解ける、などと思っていない。奈良・平安時代の天皇だって、それではわからない。日本の天皇制の問題は、歴史的に言語に関わるというか、エクリチュールに関わっているわけです。そういうものとしては、絶対に無視できない、通り過ぎることができない問題だということを、僕はよくわかってますよ。

中上　それを聴いて、了解した。それを無視することは、哲学の不在ですよ。思想の不在ですよね。

湾岸戦争への行動

柄谷　このへんで、節目節目の点検は一応終わったということにします。次の節目はいわば現在です。去年（一九九〇年）アメリカで、中上君と久しぶりに話しましたね。

中上　去年の十一月ぐらいだっけ。その前の六月に、サンフランシスコの文学者国際会議で会った。

柄谷　そのときは朝まで話したけど、君は悪酔いしてた。十一月のニューヨークでは、二日くらいじっくり話をしたね。久しぶりだった。長くそういうことがなかった。

中上　サンフランシスコで会ったときも、ニューヨークで会ったときも、昔それこそ僕が二十歳であなたは二十五歳で、会ったときと同じような話をして。

柄谷　同じようなことを言っていたね。

中上　状況はまちまちですが、それこそ若い人間同士として、今見えてくる状況みたいなものを話し合った。ほとんど毎週一遍くらい会って、酒も飲まず、コーヒーだけだった。昔だいたい柄谷行人が難しいこと言って、これを読んでおけと言う。僕はその後会うときに読んで行った。そしたら、また難しいことを言う。難しい人の名前出したりする。その繰り返し。

柄谷　君はすぐ読んで、俺のほうがわかると言って、いばっていた（笑）。

中上　今の国家の問題とか、ロシアで起こっている問題。民族とか国家の問題なんか、ずいぶん懐かしい思いで話した。

柄谷　シュティルナーの話とか。でも、それは少しも古くないよね。

中上　古くないね。

柄谷　僕が近年書いてることが、他人にも初期の仕事に回帰しているとか言われるけれど、それは僕自身よりも、やっぱり外在的な条件が、そう思わせるようになってきたんじゃないかなと思う。僕が物を書きだしたころは、構造主義以前ですよ。といっても、自分が考えていたのは、その当時の支配的な思想とはまた別のものだったと思います。その意味で、自分が考えたことが、そんなに変わっているとは思えない。世の中が変わったんだ。

中上　不思議な感じがした。サンフランシスコのときも、ニューヨークのときも、あのときロシア、ソビエトがまだこんなふうになってなくて、民族問題が露出し始めていた、そういう時機だったですよね。

「そういうことをどう思う？」と柄谷行人に話しかけるみたいに訊いて、国家と民族の問題を喋っていると、ハッと気づいたのは、昔二十歳のときに話してたことと同じことじゃないか、「これって昔に一遍言わなかったっけ」。一瞬、時間がワープして戻ってきた。不思議な感じがした。やっぱり、いつも僕たちはどこかちょっと早いんだよね。先に反応しちゃって、先に悩み、考えている。

柄谷　うん、だから現実に起こる出来事に退屈を覚える。

中上　覚えるね（笑）。

柄谷　やっと起こったかとか、思ってたより早かったとか、そういう感じで、驚きがない。しかし、驚きはないけれど、問題の根深さは感じる。そういうことというのは、そんなに昔と変わらないって改めて思うのです。

中上　自分の問題として、自分のことで言うと、『異族』を書き始めたでしょう。あれはもう七、八年前です。まさに今ロシアで起こっているようなことは、アジアでも起こるぞという予見でした。あれはフィクションなんだけれど、あの作品を後で読む人は、ロシアのああいう動向に影響されて、アジアにそれが及ぶと想像して書いているんじゃないか、と思うんじゃないか。

柄谷　僕の『探究』にしても、他人があれを実感できるのは、だいたい十年くらい先でしょうね。僕自身はただ直観的に、そうせざるをえないからやっているんですね。作家みたいなものです。

中上　同じようなことですね。本能でもって動いている。

柄谷　西洋の連中も、どうせ僕の考えているようなことを考えるに決まってる。そういう意味では今、僕は理論的には退屈しているのです。

中上　そうだね。ただ退屈するというだけじゃない。このあいだ中国に旅行したときに思ったのだけど、天安門が始まる前だったけど、中国は、僕の目にことごとく破産しているように見えた。かつて自分が考えつめたことが現実に起こってる。おそらく中国は、もうちょっとひどい動きがあると思うのですけど。

柄谷　中国には友達もいるし、真剣に考えているけれど、恐ろしいことになるんじゃないかという予感がある。もう民主化とか、そんな尺度で物を言ってたら、わからなくなりますよ。

中上　はっきり言えるのは、湾岸戦争のあたりから、いやもっと前から、天安門の出来事のころからそうなんだけど、CNNなんか出動して情報を作ってるでしょう。みんなCNNの報道を信じていて、一方的な映像の力、映像の科学みたいなもので、やられている。文学とほど遠いカスみたいな言葉で、やられている。ことごとくみんな間違っている。見えなくなっている。

一番ひどいのは今度のロシアのことで、みんなてんで勝手に喋っているけれど、何も言ってない。何も見てない。だいたいエリツィンがやった、エリツィンが勝ったと言うでしょう。クーデターを阻止した、軍が動かなかったと言うけれど、そういう軍を、軍と呼ぶのかどうか。そう考えると、軍隊の問題とかいろいろ浮上してくる。あの命令を聞かない軍隊をそのまま放置してて、次に何が起こるのだろう。すると何か四分五裂になって勝手に、統制が利かないで何かやったりする、ということになる。具体的に見えるそういう軍一つのことを考えても、きちんと言われていない。ただ発砲しなかった、エリツィンを逮捕しなかった、あるいは命令に従わなかったということが、いいことみたいに言われている。

これをもし普通の状態、他の状態に移行すると、軍が統制とれなくて、勝手にてんでバラバラになって、核兵器持ったり、いろんな武器を持ったりするのが、どんな状態になるか。アナーキーな状態ですよ。だけど、そういうことは誰も何も言わないでしょう。

柄谷　僕は湾岸戦争も同じだと思うのです。今までの尺度では理解できないことが始まっている。湾岸戦争に関して、僕は中上君と一緒にいろいろやったわけだよね。僕はよく知らないけれど、それに対して、いろいろ批判している連中がいるでしょう。それは、二十年ぐらい前と同じ論法だし、同じ論理なんだね。しかし、湾岸戦争は、ソ連や中国で起こりつつあることも連関している事柄の兆候なんですよ。それが何であるかを、はっきり言うことができないけど、直観的にはそう感じるんだ。いずれ、そのことははっきりするだろう。

中上　湾岸問題と絡むけれど、あそこでとりあえず、見えるということを言おうという決意ね。そういうことで柄谷さんと一緒にやったんだけど、これは大きいですよ。

柄谷　僕らがそのとき思っていた以上に大きいかもしれない。

中上　俺は、すごく大きいと思うね、今度の行動は。ただ湾岸声明を出した奴でも、どこまで世界性があるかとか、思考の徹底性を貫徹しているかというと、疑わしい奴もいっぱいいる。それはもう不問に付す。

柄谷　もう他人のことはいい。僕は、自分が試されていると思った。たかが湾岸戦争なんて言うな。これはヴェトナム戦争なんかとは違うんだからね。こういうことを考えてない奴は、結局、世界性を持てないと思う。

中上　全部眠っていることになるからね。つまり思考を徹底してないってことになるから。

柄谷　そうだね。僕は声明を出したけど、別に知識人は行動せねばならぬと言いたいんじゃない。物書きとして思うのは、物を書くというのは、いわゆる世の中を動かすことじゃない。そんなことはできないんだ。しかし「考える」ことはできる。どこまで考えているかが問われるのだと思う。

中上　柄谷さんが昔やっていたホッファーって人がいるでしょう。ホッファーのいう知識人とはどんな人かというと、無用の奴なんだ(笑)。彼は徹底してものを考えるんだよ。今ロシアでも、エリツィンみたいのでない人がいると思う。今は誰も人は動かない、自分の言葉に人は動かないけど、俺は考えるという奴が、やっぱりいるはずだよ。そいつらはすごいはずです。まだこれはジャーナリズムの表面に出てこない。日本のジャーナリズムなんか、わいわい騒いでいるだけだから。

柄谷　今「批評空間」で翻訳を出してるけど、スラヴォイ・ジジェクという人がいる。これはユーゴスラビアの一番北のほうの人です。なかなか面白い。何ていうかソ連や東欧には、まだすごい知的なポテンシャルがあると思う。それは今見えないけどね。今、フランスでもどこでも、思想的な活力は全くなくなっている。要するに、何かが片づいたと思ったら、終わりだね。全矛盾を内に含んでいる者が、思想家になれるわけでしょう。作家もそうだと思う。

中上　特に今の飽和している状態の日本において、状況だとか、みんな何もわかっていないよ。

柄谷　日本では、もう全部片づいて解決してしまったように思われているんだね。戦前のことでもマルクス主義のことでも。しかし今こそ、革命がなんであるのか、自由がなんであるのか、そういうことを本格的に考えようとしている者がいるんだよ。

中上　そうなんだよ。だから文学に引きつけて言うと、第一次戦後派に一番近いんですよ。

柄谷　そりゃ近いですね。

中上　僕はその徹底性みたいなもの、わかる。表面的には、第一次戦後派に近いなんて言った人いますよ。それは違います。戦後派を認めるなら、やっぱり思考の徹底性を言ってもらわないと。それとやっぱり彼らは、苦しんだ。

柄谷　めいめいがそれぞれ全部引き受けようとした。それは、やはり戦争が大きかったと思う。アメリカやアジア諸国との戦争。これは矛盾の固まりだった。今だって、それは続いている。今ものを考えようとすれば、戦後派が考えたようなことを考えるほかない。しかし、そのことを戦後派の後を継ぐとか、党派的な問題として言ってもらいたくない。

中上　僕は、その党派的と言われるのを一番警戒している。それこそ僕が被差別部落出身だと言った途端に、解放同盟に囲いこまれて、根拠を与えられて、ということと同じだ。それを一番警戒している。そうじゃない、もっと徹底して考えるんだという姿勢。そこで、喧嘩なんてしなくてもいい解放同盟と、意図的に喧嘩売ったりもしましたよ。

第一次戦後派に対しても、同じようなことです。意図的に野間さんに喧嘩売ったり、島尾さんに喧嘩売ったりした。

柄谷　僕は最近、そういう気づかいは無駄だと思っているんだ。あの人たちは大方死んでしまったし、もういいんじゃないかと思う。

中上　湾岸戦争の声明というのは、その問題なんですよ。それを僕は言っているんです。

柄谷　実際上、古い世代が何も言えなくなってしまった。だから僕らが代わりに言うほかない。過去の行きがかりなんか、どうでもいい。
中上　俺も素直に言おう。
柄谷　素直でいいんじゃないか。
中上　正義は正義だ。不正義は不正義だ。それを言わないとどうしようもない、というところに来ています。このままでは、文学が成り立たなくなる。
柄谷　僕は、ちまちましたポストモダン的シニシズムとかイロニーとかにうんざりしている。あんなのは自意識の欠落だよ。シュレーゲルが言ってるんだけど、イロニーの最終形態は真面目になることだ、と（笑）。だから素直にやろう。
中上　僕もそうです。素直に。
柄谷　素直ということには、やっぱり迅速な知性の運動が要る。
中上　そう、これはものすごい自信が要る。

［「國文學」一九九一年一二月号］

中上健次への手紙

「韓国文芸」からエッセイを依頼されて引き受けたものの、いざ書こうとすると、僕は困惑をおぼえた。いったい自分は誰に向かって書いているのか、日本人に向かってなのか、韓国人に向かってなのか？　どちらにしても、僕は「日本人」とか「韓国人」といったあいまいな〝観念〟に向かっては、何も書けないのだということを悟った。どんなものを書く場合でも、結局僕はそのつど誰か特定の読者を想い浮べている。そこで考えたあげく、今韓国にいる中上君、君に向かって書くことにしたわけだ。

今年の三月、七ヵ月ぶりにアメリカから帰ってみると、君はすでに韓国へ発ってしまっていた。昔のわれわれのことを考えると驚くべきことだが、君と僕が二人一緒に日本にいた期間は、ここ六年間で二年ぐらいしかない。すくなくとも、ここ一年程君と話したこともない。しかし、君が日本の文芸誌の連載を放擲《ほうてき》して韓国へ飛び去った衝動は、よくわかるような気がする。なぜなら僕自身もそうだったからだ。

僕は、昨夏、『日本近代文学の起源』を出版する前にアメリカへ発った。その本のなかでは、君も知っているように、現在のわれわれにとって自明であるような風景・告白・内面・表現、いいかえれば「文学」が、明治二十年代にある〝転倒〟として形成された制度にほかならないことを書いたのだが、それが漢字や律令制が導入された奈良時代における“転倒”の上に累積されたものである以上、僕は次の仕事としてそれをやるべきはずだった。そうすれば、君がやっていることと重なり合うことになっただろう。が、僕はまったくそれを放棄してアメリカへ発ってしまった。僕はイェール大学で批評理論というより、むしろ論理学・数学基礎論のようなことを研究した。何をおいてもそれをやりたかったし、やるほかなかったのだ。「文学」や、まして「文壇」などどうでもよかった。

　西洋において、プラトン以来、また近代ではべつの意味でだがデカルト以来、数学が最も確実なものとみなされてきている。今でも皮肉なことに数学者以外の人々はみなそう信じている。ところが、一九三〇年にゲーデルの「不完全性定理」によって、数学の「基礎」がないということが証明されてしまっている。数学に基礎・根底がないということほど、僕にとって喜ばしい認識はない。僕を興奮させたのは、西洋の「知的建築」に何の基礎もないということを、たとえばニーチェのように、あるいは文学的に指摘するのではなく、まったく厳密な仕方で証明しうるということだった。というより、厳密さとか証明といったものが、それ自体によって崩壊してしまうということだった。

　このような「根底の不在」は、ニヒリズムとは関係がない。ゲーデルの定理は、わかりやすくいうと、「あるクレタ島人が、すべてのクレタ島人はうそつきだと言った」という、有名なエピメニデスのパラドックスに似ている。これを回避するためにラッセルらがロジカル・タイプ（論理的階梯）を設定し、上位レベル（クラス）と下位レベル（メンバー）の混同を〝禁止〟したのだが、ゲーデルはそのことが不可能であることを自然数論において巧妙に証明した。それは、比喩的にいえば、エッシャーのだまし絵において、見方次第で、地《グラウンド》と図《フイギュア》が反転してしまうのと似ている。つまり、地と図、内と外、上と下を窮極的に決定することができないということだ。たとえば、「資本主義」や「近代国家」を否定し超越する「社会主義」が、そのまま前者に反転してしまっているように。要するに、「根底の不在」とは、そのような決定不可能性を意味している。

こういうことは直接君には関係のないことだし、ある意味では自明でもあるだろう。が、僕の資質は、こういうことがらに関して、自分自身を過激に追いつめる。君の資質がべつのことがらにおいて君自身を追いつめるように。つまり、僕は厳密さとか確実性というものにオブセッションをもっており、しかもそれを内側から突き破りたいという衝動に駆られてきたのだ。こういう抽象的な仕事に没頭しているとき、見かけの上では、僕は君と遠く隔ってしまっているようにみえるかも知れない。しかし、本当は、近いところにいるはずだ。考えてみれば、われわれの関係ははじめからこんなふうだったのだから。

一九七九年の秋、ちょうど君がアメリカに滞在していたとき、僕は尹興吉《ユンフンギル》の『長雨』についてかなり長いエッセイを書いたが、読んでくれただろうか。あるいは、韓国で君がつきあっているだろう尹興吉や同世代の人達がそれを読んでくれただろうか。そのエッセイの題名は「根底の不在」だった！　本当は全文を引用しないと僕のいわんとすることは伝わらないが、たとえば僕はこう書いている。

「長雨」から受ける衝撃は、おそらく次のように要約しうる。それは、朝鮮には「根底」がない、ということだ。むろん日本にはそれがあるというのではなく、日本人あるいは日本の文学に自己同一性と連続性を与えているこの「根底」への信仰は、むろん極東の島国という地理的条件が与えたものにすぎない。たとえば、「長雨」のなかで降りつづける雨は、何かを象徴するというよりも、逆にそれが合意性をもたないために、私にとって新鮮だった。というのは、われわれは無意識に、長雨＝眺めという連想結合をもっているからだ、つまり、われわれが根底とみなすような「自然」は十分に文学的なのだ。それに対して、「長雨」における長雨は歴史に対立する自然として在るようにみえる。文字通り雨が降っているという感じがする。

（「群像」一九七九年十一月号）

むろんこれは先にいったこととは異なる問題だ。しかし、基本的にそのこととつながっていると思う。おそらく君の衝迫は、この日本にある「根底」――政治的には万世一系の「天皇制」に象徴される――への幻想を、東アジアの「交通」という視点によって解体することだといってよいだろうか。むろん君は歴史学者でも国文学者でもなく小説家だから、しかもいわばシャーマン的な小説家だから、韓国に滞在することそれ自体が君に何かをありありと直覚させるだろう。僕はそう確信している。

さらに僕は、このエッセイの最後に、同じような意味のことを、世界的に類のない人工的表音文字（ハングル）と日本の平仮名に関する、君の直観的考察を引用した上で、次のように書いている。

平仮名は、漢字にもとづいて、漢字の素養をもった女たちの手で自然発生的につくられている。そのために、それはあたかも「自然」であり「内面」に直接的であるかのように考えられている。中上健次を「不快に」するのはそのことである。むろん、いうまでもなく、それは漢字によって可能だったのであり、すこしも直接的なものでない。それに比して、ハングル文字はまったく人工的であり抽象的である。朝鮮人がそれに慣れたとしても、この性質はすこしも変わらないだろう。したがって、朝鮮の作家は、われわれが万葉集や古事記に回帰するような連続性から絶たれている。そのかわりに、彼らは根底や自然や連続性という幻想から自由である。韓国の作家がそれを意識しているかどうかわからない。たぶん意識していないだろう。私は『長雨』という作品をむろん日本語で読んでいる。だから、形式的にはそのような差異は消えてしまっている。しかし、それは文字形態そのものではなく、この作家が意識しないところにあらわれているはずだ。私に衝撃を与えたのは、明示できないにもかかわらず、この作品に存する「根底の不在」なのである。

僕はまだこの疑問をもちつづけている。むろん僕は、僕のいうことが、自分自身の、あるいは日本における「知」の問題の投射にすぎないことを知っている。韓国にいる君はたぶんそのようなズレをいつも感じているにちがいない。しかし、僕はいつかこのことを韓国の文学者——文学者でなければだめなのだ——に聞いてみたいと思っている。韓国にいる君はそれを今どう考えているのだろうか。

現在の僕は先にのべたことがらに没頭している。僕のやっていることを理解してくれるのはほんの一握りの人間だけだ——たぶん君のやっていることはもっとそうかも知れない——が、そんなことはどうでもいい。ただ、君が徹底的に過激に突きすすんでいることが僕をいつも元気づけていることを告げておきたい。切に、君の健康を祈る。

一九八一年六月三日　於東京

［「韓国文芸」一九八一年秋号］

柄谷行人への手紙

韓国に滞在して五ヵ月目になる。五ヵ月目にして韓国がまた私の理解の届かないところに行ってしまった気がして、三日前に移ったばかりのホテルのロビーにあるカフェテリアに坐って、考え込んでしまっている。大兄の手紙、拝読した、大兄の使う「根底の不在」、言葉を変えてみれば、物語の氾濫、多極的多重的なパースペクティブ、パースペクティブという言葉すら物の用をなさないあらゆる物のカーニヴァル的林立、私が今、感知しているのは韓国にあるその氾濫、その林立が波を打っておしよせ、そしていつの間にか干潮の干潟のように異国人である私一人、ここに取り残されているという思いである。思い出した。さっきまで足元にあった潮がいつの間にか姿を消し、はるか遠くまで海の底が顕われている。その甘くほろにがい情景をわかってもらえるだろうか。何物かの比喩として言うのではなく、ましてや「風景」として言うのではなく私が実際体験し、目にし、感知し、考えた事から、「根底の不在」を言いたいのだ。

アボジと名づけた運転手と私、韓国へたまたまやって来ていた在日韓国人二世の演出家と三人、首都ソウルから三時間ほどの全州へ旅をした。酒を飲み出すには明るすぎるからと海の方へ出かける事になり、海に面した料理小屋についたのが潮の引きはじめる寸前だった。名前の分らぬ魚を顔つきがよさそうだという理由でこれとこれと指さして刺身を頼み、真露（韓国産のショウチュウ）を二本あけた頃には、夕陽がポトリポトリと音をたてるように海の彼方に沈みかかっている。すっかり干上った海を走ってゆけば夕陽に手を触れる事が出来そうなほどだった。韓国で仕入れた歌「ミアリ峠」をうたった。

ミアリ涙の峠　悲しい別れの峠

韓国人の誰もの琴線に触れるこの歌には物質化された悲しみというべきものがあるが、眼の前に広がる干潟も物質化された悲しみ以外何ものでもない。その干潟の料理小屋につく前、地図には海がある事になっていると、何度も人に海はどっちの方向かと訊ねながら、私たちはえんえんと田圃の中を走って来たのだった。しびれを切らした私が、海じゃなくて田圃ばかりじゃないかと言うと、湾の先まで海を干拓して田圃をつくった、とアボジが言い、セマウル運動とはこの事ですね、とつぶやく。行けども行けどもうんざりするほどの早苗を植えた田圃と、甘くほろにがく美しいがありありと悲しみや貧苦が物質のように見える湾の先の干潟。私の前に二つがある。私は考えた。セマウル運動とは韓国式の文化大革命であり、一種の共産運動、いや共産という言葉が悪いなら、共同共生運動のようなものではないのか、異国人の私の眼にはそう映る。韓国には元々、共同体の中では貧苦を共にしよう、一人だけ飢え死にさせるわけにはいかないという共生の思想があるし、さらにこれはどこでもしょっちゅう感じる事だが、一人が病気になると全部がオロオロする、一人が酒を飲まず素面でいると全員どうしたのだと気をつかうという共同の思想があるが、セマウルとはその思想の具現化と映るのである。ウリマル（われわれの言葉）ウリナラ（われわれの国）ウリチベ（われわれの家）と韓国人が意識無意識に多用するウリという言葉も、根は共同共生によるのだろう。もちろん私という考えはある。だがここでの私は、風景や告白や内面、表現という「文学」を支えるものとは違い、もっと文化人類学や神話学の根跡のありあり出た集合的個我のようなものである。セマウル運動を先入観抜きに考えると、文字通り〈新しい村〉運動であり日本にもあった新生活運動でもあるが、それにとどまらず織田信長型の天才的な革命家であったこの国の前大統領の「根底の不在」を見すえた上の思想運動にも見え、さらに「根底の不在」のここだからこそ、たとえばアメリカのニューディール政策や日本の農地解放などよりはるかに大きなダイナミズムを、この社会に与えていると見える。

　ここは不思議なところである。〈比喩的にいえば、エッシャーのだまし絵において、見方次第で、地《グラウンド》と図《フィギュア》が反転してしまうのと似ている。つまり、地と図、内と外、上と下を窮極的に決定することができないということだ。たとえば、「資本主義」や「近代国家」を否定し超越する「社会主義」が、そのまま前者に反転してしまっているように。要するに「根底の不在」とは、そのような決定不可能を意味している。こういうことは直接君には関係のないことだし、ある意味では自明でもあるだろう〉大兄の手紙にそうあるが私がここを不思議なところだと認識するのは、自明の事が可視の状態であるという事に端を発する。柄谷行人大兄、十五年前に出会った時の新宿、紀伊國屋書店三階の喫茶店で何を話したか覚えているだろうか？　われわれは既成の批評家や作家をクソミソにけなしあった後で、大兄は学生時代のブントの手柄話を、五歳下の私は、いま加わっていると言って社学同の手柄話をした。二人に共通してあったのは、政治的な文学などあってたまるか、文学的な政治などあってたまるかという認識だったが、「根底の不在」のここでは、私の実感では、日本のちょうど逆ではないかという事である。体制側が保守であり反体制側が革新であるというのが日本でのなんとはなしの実感なら、もちろん体制、反体制という事が古ぼけた物言いだが、ここでは逆になり、体制側が革新であり反体制側が保守であるという事である。さらに反体制の人々は文学的な政治を求め、政治的な意図を持った文学を至上のものにしようという病のようなものがみえる。そう気づき考えつづけていると、社会がだまし絵ならぬあの韓国の民画の不思議なパースペクティブを持っているようで眩暈《めまい》がしはじめる。

新聞の特派員やあるいは一週間や二週間ちょこちょことこの国の表面をなでて帰った者らに、韓国すなわち恐いところ、韓国すなわち人権無視の圧政というイメージをつくり上げられているここは、日本で共産党神話崩壊の後に青春期をすごした者には、ただおどろくしかない。白昼、学生らは政府批判をやる。おおっぴらにである。学生らの振舞いには日本でつくりあげられていた韓国の悪いイメージが壊されるという新鮮さがあるが、私が日本人だからというからか、驚くのは、反体制の大物と称される人物らが一堂に会し、酒場でチマチョゴリの女らをはべらせ、美酒と美食を味わいながら民主主義を説き、大衆が貧苦にあえいでいると弁説をふるっている事だった。何月何日、どこで、誰と誰が、と書いてもよいが、そんな反体制の人々を見ていると、彼らはかつてこの国にあった両班《ヤンバン》の新種であり、きつく言えば端《はな》から大衆の実像を直視する気などないのに観念として大衆をつくり出し、民主主義や人権というヨーロッパ経由の「文学」的な口に甘い言葉を操っているのではないか、と疑ってしまうのである。どんな事を言おうと、新種両班が幅をきかす文学的な政治、つまり王朝政治を夢みているのだ、とも私に映る。残念な事に、いや、実はあたり前だが、大兄の言う〈根底の不在〉を彼らは気づきもせずみつめようともせず、またぞろ韓国のアジア化、王朝化をめざし、王朝を根底にしようという幻想の中に埋没しているのではないか。社会が多少のひずみをふくみながらもダイナミックに動きはじめ「交通」しはじめた今、保守反動とは彼らの事を言うのではなかろうかと思う。

ついでに言っておく。日本の新聞はソウル大学でのデモを報道しているだろうか。これも先ほどの両班候補生であり、日本では想像できないほどすでに特権を享受している身であり、さらに将来の地位や特権を約束された者らである学生が、さながらヒエラルキーの頂点である事を誇示するようにデモをすると映る。というのも彼らは大学解体とか開かれた万人のための大学などとはつゆ思わない。ただひたすら知識の独占を社会や国家にむかって誇示していると異国人の私にはみえる。まさにデモンストレイションである。韓国の学生デモと日本での学生デモはまるっきり違う。それは韓国の中に形の上でも左翼が存在しない事に由来するのだろうが、トピックだけを報道し、その背後を切りすてる報道一流のレトリックを考えないととんでもない誤解が起きるようだ。

日本には日本独自のパースペクティブが存在し、韓国には韓国独自のパースペクティブが存在する。肝に銘じなければならぬのは日本社会のパースペクティブから他の社会のトピックスを捉えると大きな誤解が生じるという事である。日本での韓国の報道のされ方、陰口や噂の言われ様は誤解の上に誤解を重ねた結果で、韓国の知識人の何人にも、「どうしてこんな事になったのだ」と訊かれ、返答に困る事がしばしばある。

たとえばソウルでおこなわれた第三世界演劇祭に日本の参加者らと共に同行した演劇評論家が新聞に寄稿した印象記という類の文章を例にとる。印象記七枚ほどの半分を使って、暗に批判をこめたとまどいを書いている。第三世界演劇祭が国家的行事になっていた、豪華なホテルで連日レセプション続きだった、昔の新羅時代の古都慶州へ招待旅行に行くと、慶州から一時間ほどのウルサンの造船所をむりやり見学させられかかり、すったもんだしたあげくボイコットをかちとったが、どこからかパトカーが出て来て、否応なしにバスはウルサンに向かわざるをえなくなった。

その新聞の文章を私と共に読み終えた全北大学の張教授は、とまどい顔で、どうしてその事をいじ悪く書くのかと言う。

「演劇というのは河原乞食だから、そんなふうに扱って欲しいと言っているんですよ」

「でも、彼らはお客さんでしょうが……」

理由の第一は、この演劇評論家が韓国の社会の慣習を分っていない事にある。豪華な連日のレセプションとは、たとえ明日の日、塩をなめて暮らす事になっても客が来たならありったけの物を出してもてなそうというこの民族の、日本の古語で言うあるじする、という意味に通じる思想に由来するという事を分っていない。日本の古語、あるじする（ごちそうする）から現代語の主《あるじ》、主人が出て来ているのを御存知ない。ボイコットを勝ちとったがパトカーが出て来てバスを先導した、というのは、誤解と誤解がぶつかりあって、えい、分らん唐変木ばかりだ、と招待する側に官僚的発想が出たのだろう。ただ貪欲な作家魂から言わせてもらうなら、ウルサンの造船所を見て得にこそなれ損にはならないだろうという事である。演劇とて工業や経済、社会と無縁であるはずがないという物言いを、バスに乗った子供のような振舞いをする演劇人らに言いたくなる。一言で言えば、韓国人の深情けを情けのない社会にいる者が受けとめられないという事だ。

韓国人の深情け。人なつっこく、それをありがたく思うが、時にうっとうしい。ただ、悪く言う事ではない。韓国に来て数かぎりなくそれに出喰わし、後で一人、くすくす笑う。

夜ふかしし、酒を飲む習性のついた作家という商売、工場や勤めに行く労働者と同じように朝、腹いっぱい白飯を食うという常人の生活をおくれるはずがない。胃が動きだすまでせいぜいがコーヒーやジュースしか受けつけないが、人の家に泊り込んだ朝、どうして朝飯を食わないのか、具合が悪いのか、韓国料理は駄目なのか、と訊かれ、そのうち私の方で、料理がまずいから食いたくないと言っているように誤解されるなと思って、自分からすすんで食いはじめる。気をつかわずほったらかしてくれればよいのに、と思うが、深情けのここでは客をほったらかすなどとは思いもつかない事なのだ。

この逆の事もある。韓国に滞在し、日本を振り返り日本を考えると不思議な事が見えてくる。たとえば金大中死刑判決、減刑という時機に私はまだ日本にいて、新聞やテレビで良心的知識人と称する人が発言するのを耳にしていたが、金大中を元に復させろと日本政府は言うべきだ、日本政府、しっかりしろ、と言っていたのが、ここに来て、日本人のセールスマンらがとびまわっている姿をみていると、新日本帝国、韓国になめられるな、かつての宗主国としておさえつけろ、と良心的知識人が言っていたのだというように見えてくる。韓国すなわちKCIA、恐い、怖ろしい、韓国イコールブラック、何者かがつくりあげたイメージをメガネにしてかけていれば、日本人は過去も現在も直視しないですむ。植民地として何をやったのか、三月一日の万歳事件の時に何をやったか、創氏改名や強制連行の暴虐、愚行をみないでもすむのだ。北と南に半島が分断されいまもなお同じ民族同士がぶったたきあっているのも、実に日本には好都合なのだ。南北分断のせいで臨戦体制をしかざるをえなくなり、徴兵制をしかざるをえないが、近代国家において徴兵制度と公娼制度は表裏一体だとするなら、日本人の悪名高いキーセンパーティーは韓国の若者らの通過儀礼である徴兵という苦労の裏にあるもうひとつの通過儀礼である性を保証する公娼制度の片一方だけに乗っかり、円で婦女子の顔をひっぱたきながら欲望をとげているようにみえてくる。ここにいると日本や日本人の顔がくっきりと浮びあがってくる。

大兄と同じように「根底の不在」が圧縮され爆発的に存在するのがハングル文字だという認識が私にもある。

韓国に来た最初はハングルを読む事が出来なかったが、読んで元の漢字を類推するようになってくると、町中がディズニーランド、いや不思議の国に迷い込んでパズルを解きながら遊んでいる気になる。韓国語は日本語同様、漢字から多大の影響を受けているが、日本と違って呉音読みだから、劇場はげきじょうではなく、くっぢゃんである。さらに日本と違って音訓二つに読み分ける事はないので、中上健次はチュンサンコンチャであり、なかがみけんじ、とか、なかうえけんじとか、音訓入り混じって使う事などないのである。

漢字呉音をハングルで表記し、さらに韓国本来の言葉が加わったのが現代韓国語であるが、誰の眼からみても不思議な、熱狂的なものと破壊的なものが混在する世界で類を見ない人工表音文字ハングルの言語学的考察が進んでいるのかどうか分らない。パンソリや仮面劇について民俗学からの考察、文化人類学からの考察が皆無に近く、学者に訊ねてもただの思いつきの類をしゃべっているだけではないかと苛立ち、韓国には一人の柳田国男も一人の折口信夫も、南方熊楠もいないのだろうか、黄金の山にいて黄金を石のように蹴っとばしていると唖然とするが、たぶんハングルも同じような情況下にあるのではなかろうかと心配するのである。韓国が世界の文化の極にもなるだろうと推測させるハングルというものの革命性を考えもせず、人工のもので科学的合理的、一番進んだ表記方法という三歳の子供でも言いそうな事でお茶をにごし、言語学といえば語源論程度しかないという事態を私はおそれる。もちろん韓国に折口や柳田を越える人物がいるのかもしれない。ハングルを音素の方から論じたり、ハングルを記号論的にとらえ、記号の中をぬけぬけと横断してゆく物語を精密に論じてくれる学者がいて、不幸にもその人に私が出会っていないだけかもしれないが、「根底の不在」が可視の社会で、「根底の不在」を陰蔽する事が学問や思想、文学だと錯覚しているのではなかろうかと疑う気持ちの方が強いのである。

大兄が韓国に来て失望しない前に言っておきたい。「根底の不在」をみつめ、感知し、引き裂かれ、さらに励まされているのは、文学者でない事だけは確かだろう。誤解をおそれずに言おう。日帝三十六年の悪夢が一九四五年八月の日帝の敗戦崩壊によって解かれ、だがたちまち米ソ二大国の力で南北に分断され、すぐに同じ民族間で血で血を洗う戦争があり、二度と侵略はされまい二度と悲惨な事態を引きおこすまいと国づくりが始まったのは最近の事である。「根底の不在」を見つめ、内奥の豊かさに誇りを持ちしかしながら引き裂かれる良質な感性の持ち主は、軍隊に入るだろう、医者になるかもしれない、あるいは経済のエキスパートにならんとして古くて若いここを創り上げようとするだろうと思うのだ。自分が小説家であって小説家の悪口を言うみたいだが、書けば書いた分だけ入ってくる、売れれば売れた分だけ入ってくる、税金まったくナシ、しかも小説家すなわち社会の指導的知識人であり王朝期の文物尊重の気風が色濃く残っていて大なり小なりチヤホヤが待ち受けている小説家天国で、「根底の不在」に身もだえする文学者など皆無である事は受けあいだ。そう言いたくなる。

「韓国文芸」に韓国の小説家の悪口を書いているような逆立《さか》ちがあるが、いますこし五ヵ月ここにいて（この雑誌が発売される頃は六ヵ月目になっているだろうが）腹にたまっている事を言わせてもらうなら、小説家たちは韓国の社会の多重性、多極性に気づいていないのだ。伝統芸能、パンソリや仮面劇のおしげもない過剰な物語の氾濫、わきあがるこの国の自然の力を語る者は誰もない。韓国人の血の中にある農耕＝定住的なものと狩猟＝移動的なものの混在、チャングやドラの音一つで血がざわめき陽気な歌舞音曲好きが体を起しはじめる、その血を語らない。肌と肌がこすれあい、人の肌のぬくもりが自分の肌に伝わるというこれも韓国人の血の中にパックされたカーニヴァル性を語らない。東大門や南大門に代表される様々な市場の多義性。前にも後にも横にも人がいて驚くほど多様な品物を売る前を歩いている。人間にも動物と同じように攻撃距離があるが、市場というカーニヴァル空間では、身を守る距離がすっぽり取られてしまって喧嘩しているわけでも情愛のために近寄ったのでもないから余計人の共同共生の無意識を刺激され、生きている事がこんなに楽しいものかという思いがつのるが、文学者ならそこから物を考えるのに何も語らない。日本で流行っていたバフチンの理論を思い出して、小説言語のカーニヴァル化、小説のカーニヴァル化と私が言い出すと、きょとんとしているか、哀れな意味不明の韓国熱患者だという顔をして私をみるだけだ。やい、ウエノム。と私はひそかに、昔、韓国人が日本人に投げつけた蔑称を小説家たちにつぶやく。私はいらだつ。思いが募る分だけ苛立ち、空転し、今度は自己をさいなんでみたくなる。韓国人である彼らがごく素直に、ごく自然に自分の足元をみつめ、周りを見て物を書けば傑作は十も二十も書ける。それなのにどこで習ってきたのか、まずテーマを立て、作の意図が透けてみえるのに自分一人賢いというように筋をつけ、最後は小股すくいをするようにヒネってオチをつける。小説家たちは傑作を書く意図など毛頭ない。

柄谷行人大兄、実のところ、最初、私はこの手紙を書く気はなかった。というのも、韓国のソウルにいても、日本の出版資本の爛熟を示すようになじみの編集者らが何人もやってくる。彼らが私に言いたいのは、韓国で書いている新作長篇の他に、日本の雑誌に続けて小説を書けという事だが、話のつれづれに小説家や編集者らが行く新宿の酒場、ゴールデン街や「アンダンテ」や「英」での噂を伝えてくる。韓国の小説家、いやここでは、日本であまりに反体制詩人として著名な金芝河を引きあいに出そう。彼に私が耳にした噂を言ってやった。私が韓国に五ヵ月も滞在しているのはいわく中上はKCIAに拉っ致され監禁状態にあり一種洗脳を受けているのだ。噂とはおうおうにして子供じみた形を取るもので、それゆえに面白おかしく人は噂できるのだが、金芝河は一笑に付してむっとした顔でナンセンスと言い、韓国について何も知らないのかと私に訊き返す。誤解の上に誤解を重ね、誰一人誤解を解こうとする者のない日本に向かって韓国で見た事、感知した事を言っても受けつけないのは分っているし、左右幾派にも分れて互いにぶったたきあっている在日韓国人、在日朝鮮人の言論戦を知っているから、大兄には夏に帰った時にでもゆっくり話そうと思っていた。その代りに韓国文芸のこの号は、私と金芝河の対談が載る事になっていたのだった。

編集長、全さんの自宅で金芝河と二時間に亘る対談をやり、話が佳境に入ったところで急に新潮社の宮脇氏が金浦空港に着く時間だった事を思い出した。二人で話したのは仮面劇、パンソリという韓国の伝統芸能であり広大《クワンデイ》という被差別芸能民についてであるが、金芝河は広大というものの道化性、トリックスター性に身を仮託して七年間の獄舎ぐらしを経て今にいたった思いを語っていた。空港へすぐ行かなければならないという私に話が面白いから、車の中でつづきをやろうと言い出して金浦空港までついて来た。その対談のテープを後で聴くと、テープレコーダーが悪いのか、機械音痴の私の操作ミスなのか、ピーピーというノイズしか入っていない（これもKCIAのせいだと言うだろうか）。それまでに全編集長から、反体制詩人金芝河が何を言うのだろうと日本人は好奇の眼で待ち受けているかもしれないときかされていた。そうかもしれない。ただ私には金芝河は政治家ではなく韓国を代表する最良の詩人だという認識があり、そういう態度で彼に接しようと思っていたので、対談から意図的に反体制的言辞をしりぞけようと決めていた。全編集長一人で翻訳のチェックや割付け、校正、レイアウトまでやる手づくりの雑誌の哀しさで、何回も対談や座談会に出ていて初めての事だが対談出席者の当人がテープレコーダーのボタンを押す事にあいなり、ノイズだけのテープをつくってしまった。それまでにテープ起しは引き受けていたが、それなら対談を記憶で再現しろ、金芝河に後で手を入れさせる、と編集長が言い出すに及んで、対談とはアーウーと言い淀む部分が入ったり空転したりする部分があって面白いもので記憶再現など面白くないと断り、それで責任を感じはじめた。

大兄に原稿依頼したのは私だが、その責任も取らざるをえない。だから少し金芝河とのつきあいを書く。これも私が意図的に裸の金芝河を拡大してみせる決意で書くのだという事を知ってほしい。文学の事も話しあった。ガルシア＝マルケスを論じる彼が並々ならぬ勉強家である事も知ったし、こと政治の話に及んでは、痛烈な批評家であり分析家であり、同時に充分すぎる愛国者である事も知ったが、私の好みで、意図的にそれをはずすのである。

金芝河は今、現在、ソウルの何処かで例の連中につきあって酒を飲んでいるだろう。それともソウルから二時間ほどのウォンジュの家にもどっているか。

全さんや私が開拓したハリウッド劇場横のタッコルという酒場に連れていくと、すぐにそこを縄張りにしたように飲んでいる。私が全州の旅行からソウルに戻り、日本から雑誌の編集者が来ていた二週間ほど前の事だ。われわれが酒場に行くとソウル大学の教授たちだという例の連中十数名と飲んでいる。例の連中、日本人が嫌いだ。金芝河は私や全さんが店に来たのを知っている。一緒にやりたいが、周りの連中そんなこととんとおかまいなしで、わがヒーローを迎えての酒宴というやつでヒーローの気持ちを汲んでやる事などない。日本人がいる事、日本語を耳にする事も腹立たしいらしく、十数名の大世帯から歌のひとつもとび出さない。そのうち帰り仕度をはじめ、ヒーローを日本人からガードするように取り囲んで外に出た。全さんのかんしゃくが破裂しかかり、「ケンジ、チハを連れてこい」と言う。例の連中に取りかこまれて芝河は車待ちしている。私を何と思ったのだろう、芝河に言葉が届く距離に行くまで三度タックルを受け、芝河が私に気づいて歩み寄って握手してやっとタックルを離す。一緒に酒を飲まないか、日本の雑誌の編集者も紹介したいし、全さんも呼んでいる。英語で言うと英語で答える。ケンジ、俺の気持ち分るだろう、今日は俺がハルモニ（お婆さん）から逃げるよ。対談のテープ、ノイズだけだったの知ってるだろう、対談どうする？　と私が訊くと、芝河は私の腕をこづき、おまえが全州で言ったじゃないか、ノイズしかテープに入ってなかったのは天の意志だと。いつの日か対談はするけどテープが消えたからには、今ではないと二人で約束しただろう、と言う。酒を飲まないか、と私が言うと、今日はトンズラするという。タクシーがとまり、韓国人の深情けを真似て引きとめてやろうとすると、ヒーローの周りに連中立ちはだかる。連中の態度に阿呆らしくなり、じゃあ、また、と今度はアメリカ人のように別れぎわはさっぱりときびすを返して店にもどりながら、芝河は大変だな、と独りごちたのだった。

大兄が渡韓する事があるなら是非会ってくれ。書いたものよりいまだ書かれていないものが膨大にあるとわかる韓国で唯一と言っていい「根底の不在」つまり韓国が他のどこでもなく韓国である事を語りあえるいい奴だ。もちろん今になっていい奴だ、と言うのだが、全さんに引きあわされた時は、全さんも金芝河もメチャクチャだと思ったのだった。

話はこうだった。韓国に滞在して書く新作長篇の第一部二百五十枚を正味十五日で書きあげ、原稿を書く間断っていた酒をまた飲みはじめた。大兄の言うとおり「シャーマン的な小説家」の私は、原稿を書いている十五日間は体が変調をきたし、寝ていても小説の夢を見、食欲が極端に落ち込み、音や風に敏感になっている。第一部が終ったのならそのまま第二部を書きつげばよかったのだが、「終った、終った」と連日連夜全さんの周りにつづく酒盛りに加わり、大酒を飲みはじめた。疲労と気のゆるみと酒の飲み過ぎでその日から下痢がはじまり一日十数回もトイレに駆け込み、そのうち尻の奥にぼんやりとした痛みを感じはじめた。韓国文芸の先月号を持って日本へ全さんが発つ日は、坐る事が苦痛なほどになった。全さんが東京に発った翌日からは痛みと不快感の為、立つ事も坐る事も寝る事も出来なくなった。痛みのあるところ、尻の奥、直腸の方にぷっくりとふくれたものがある。それでも下痢は止まらない。何回も風呂に入り、アパートの風呂場のスイッチをつけるのでそのうち電燈がつかなくなった。温い湯に入れば痛みは軽くなるからと我慢出来なくなる度に風呂に入るが、電燈の切れた暗い風呂で湯につかり音を耳にしていると、急になさけなくなる。それで夜中、東京の女房に、痔だと思うが痛くてたまらない、東京に手術を受けにもどりたいと電話をかけると、女房が全さんに電話したのか、いま若い演劇人グループと飲んで戻って来たと酔った声で、「痔で東京へ帰りたいだとォ」と一声があり、韓国には友だちがどっさりいるのに何で相談して医者に診てもらわないのだ、ともっとも至極な事を言う。韓国語で恥疾《チチル》と言うほど人に言うには何となく羞かしい病気だと言うと笑う。入院する準備をして十分待て、と言う。深夜一時をすでにまわったところに何と救急車がアパートの前に横づけされた。痛みに呻きながら、チチルで救急車に乗って深夜走るのは俺一人だろうと苦笑しながら、音楽家である金連俊先生が総長をする漢陽大学の病院に運ばれた。病室に車椅子で運ばれ、宿直の大学出て二年しか経っていない若い医者に若い四人ほどの看護婦の見ている前でズボンを降ろされ、尻の穴にブスリと人差し指を突っ込まれ、かきまぜられる。痛みと羞かしさと衝撃に悲鳴を上げたのは言うまでもない。翌日に部長が診断して手術をするかどうかを決めるまでと射ってもらった痛みどめのモルヒネの甘い渦に身をまかせながら、韓国そのものに鶏姦された気がし全玉淑女史をどんなに逆うらみした事か。

直腸に出来たかいようが膿を持っていると分って手術をし、約十日ほど入院し看護に来ていた女房が帰ってから二日目に、金芝河がひょっこり全さんの自宅に現れたのだった。その日から、五日五晩、寝る時も飯を食う時も、外に出る時も一緒で、それぞれ顔が見えないのは便所に入っている時だけという生活を送る事になったのだった。楽しかったが、手術後まもない私には苦痛でもあった。私と全さんの間では日本語、全さんと金芝河の間では韓国語、私と金芝河の間は英語と三ヵ国語がとびかう事になる。

芝河とすごした五日五晩、酒を飲みつづけ、大兄には分るだろうが想像出来ない馬鹿げた事をやっている。彼が金浦空港のそばになじみの店があるから行こうと言う。後できかされた事だがその界隈は軍隊出のグレた連中の集まるところで、わがヒーロー、そこでパラムヒョン、風の兄ィ、という仇名で呼ばれ別格待遇を受けている。酔った私がそこでやった事は、そこのマダムにキスを敢行する事だった。熊のぬいぐるみのような酔漢の振るまいに驚いたマダムが悲鳴をあげ、方々からグレた眼つきの鋭いのが立ちあがった。そんな事が起るのかどうか分らないが、全さんが教訓を込めて言うには、パラムヒョンがそこにいて眼つきの鋭いのをとめなければぬいぐるみの方々がほころび血が流れていたろう。キスを敢行しようとした相手のマダムこそ、グレた連中を取りしきるボスだったと言われ、苦笑するしかない。

朝食のついでに酒を飲み、そのまま坐り込んで、私は手術跡の傷が治ってないので、尻に味の悪い感じを抱き、リンゴの芯をむくようにナイフでえぐり取ってやりたいと発作のように思い時々身もだえし、彼もまた結核がなおりきっていないのか何度も咳をし痰を吐きながら飲みつづけ、これからやりたいと思っている仕事や光州事件の彼の想いを語る。なにはともあれ起ってはならない事が起ったというのは、語る方も聞く方も痛く、口が裂け耳がひりつく実感がある。治める側も治められる側も血を流したのである。私の意見だが、国民詩人たらんとする芝河はどちらの側にも立ってはいけないのではないか。

それで歌になる。彼が一曲歌えば私が一曲歌う。ルールはすぐ出来上る。間髪を入れずに歌い、何曲続いたろうか、そのうち韓国の歌、日本の歌の言葉や曲調から物語をつくっていこうとルールを厳しくする。

連絡船（日本語）↓帰れプサン港へ（韓国語）↓女の意地（日）↓窓の女（韓）↓ここに幸あり（日）。

或る時の曲の流れはそうなる。〈一組のカップルがいた、恋しい男が船に乗って他郷へ行ってしまった、釜山にもどって来い、もう二度と恋などしないと女は都へ出た、一方男の方も流れて都へ出て、窓の向こうに坐っている女をみつけた、都会のまっただ中で再び男と女は出あった。つかの間の幸をうたう二人はあまりに違いすぎていた……〉

歌謡曲を使って歌仙を巻いているようなものだが、百曲以上歌いつづけているとチグハグも起るし、人の家なので来客に中断もされる。或る時、芝河にリクエストして、「他郷ぐらし」を歌ってもらった。韓国暮らし半年に及ばんとし、紀州はどうなったのか、東京での娘らはどうなのかという気持ちがこみあがってのことである。リズムを無視して歌詞の情感を取り出して歌おうとする芝河の歌は重く地を這うような「他郷ぐらし」で胸がつまる。〈他郷で暮らす生活が思わず長くなってしまった、家の前にあった柳の木……〉

日韓両国語に通じている全さんはめったな事では私に通訳してくれない。だから歌謡曲を覚えるのは、この歌はいいと直感でつかんだものを、「ミアリ峠」は金官洙という青年実業家、「帰れプサン港へ」は全州へ旅行したアボジ、「ウアクセ」は金芝河という具合に百回でも二百回でもうたってもらい解説なしで覚えるので、訳は私のうろわかりの韓国語でつかまえたものだからまちがいはあるが、大意はたがわない。

金芝河が教会へ行く時は、全さんと二人、近くの喫茶店で、「教会などへ行けるか」とキリスト教の悪口を言いながら延々と待つ事になる。全さんも私も宗教に関心がないわけではないが、どうも信者の善人面や被害者面が気にくわないし、それにこっぱずかしく教会などに足を踏み入れると全身がかゆくなる気がすると意見が一致し、善人より悪人、被害者より加虐者、神より悪魔と芝河を待ちながらうそぶいている。

私が、思いついて退院後はじめて病院へ行くと、彼は病院にこだわりがないのかついてきてくれた。宿酔いの状態で行ったのだが、部長が全さんや金芝河のいるところで手術跡の尻をみせろと言う。もちろんズボンをおろしはじめたら二人はドアの向こうに退いてくれるのを分っていたが、妙に羞かしくて、尻ではなく眼を見て診断してくれないか、と軽口を言い、おこらせてしまった。酒を飲むなと言うのに宿酔いでやって来てふざけている。酔っぱらいを診断してもしようがない。私は追い出された。

ぽかっと時間があき、それで漢江のモニジョという酒場にゆく。モニジョに着いて妙に酔いがさめ、時は昼だが、酒を飲む酒場で体のためにとしおらしくトマトジュースを頼み、医者にみはなされてしまったなとつぶやき、ビールを飲んでいる芝河をみつめる。さみしい気持ちのままソファによこたわってそのまま眠ってしまった。一時ほど経って、また酒だ。

その日、金芝河の涙を見た。

全さんが呼びよせた作家の弟で実業家、私の「ミアリ峠」の歌の教師である官洙と、国風81の話をしていた。空手の韓国版と思ってもらってよいテクンド六段のこの実業家、掛け値なしの爽やかな男だが、何しろ天才的なひらめき（悪く言えば思いつき）、抜きんでた芸術気質（ムチャクチャ）、爆発的なディオニソス性（暴力）の持ち主である全さんや金芝河や私につきあっているのである。全さんが国風81というカーニヴァルに寿司の店を出すから協力しろと言うと、きょとんとした顔をしている。国をあげてのカーニヴァルの中に、小説家や詩人や編集者が店を出して寿司をつくるのか、という顔をし、「ケンジが寿司をつくるのか」と訊き、そうだと言うと悪戯っ子のようにわらう。「バカだねェ」全さんが飲み込みが悪いとおこりはじめる。飲み込みが悪いもなにも、われわれは世の常人には通じない言葉でしゃべっているのだから、と私は内心で思っているが、「まァ、ヒョン（兄貴）、一杯」と酒をつぐ。彼はテクンド六段の大きなぬいぐるみみたいなもので、一度、英語も日本語も出来ない彼は一晩中、歌い終えると私に「ヒョン・ヘバ（兄貴、やれ）」と言われながら「ミアリ峠」一曲歌いつづけて過した記録があるが、その時は私が酒を飲ませすぎた。不平一つ言わなかった彼が、ぬいぐるみの突然の反乱のように「俺一人、馬鹿扱いだ」と言いはじめたのだった。「姉さん《ヌニン》の周りに集まるのは頭のいい奴ばかりだ。英語も出来るし、日本語も出来る」彼は金芝河としゃべっている私をタックルして、「ケンジ、私、バカですネー」いや、違うよ、と私が言うと、全さんが、そうだよ、と言う。おまえは私の周りの人間の中で一番階級が下だよ。えっとぬいぐるみはおどろく。ケンジより下か、こいつは俺より歳が一つ下だよ。バカだねー、自分が一兵卒だという事を知らないのか。兵卒より下があるはずがないじゃないか。ぬいぐるみはぶんむくれ、私の体をプロレスのサバ折りの型でしめつけにかかり、それから、全さんにむかって、お願いだから自分より若くて、頭が悪くて英語も日本語も出来ない韓国語しか出来ないバカを一人、周りに入れてくれないか、と言う。酔った青年実業家は私と金芝河の話を邪魔するだけのように、ケンジ、私、バカですねー、と言いつづける。ぬいぐるみはきょとんとった。「階級を俺が上げてやる」私が言うと全さんが通訳する。ぬいぐるみはきょとんとした顔で私をみる。「大佐にばってきする」ぬいぐるみはなおきょとんとし、テリヨン？と私に訊き、そうだと言うと、とびあがって喜び、手を打ち、これから自分がおごるから一番高いサロンへ行って騒ごうと言う。バカだねー、と全さんはまた言い、騒ぎつづけるぬいぐるみを叱りはじめる。

ケンジは小説家だから金持ちかエスタブリッシュメントしか周りにいないかもしれんが、と芝河が言い出したのは、喜びすぎた青年実業家が一番高いサロンへ行って騒ごうと言ったのを耳にしたせいだろうと今になって思う。何を言うんだ、とその時、何故か私もむきになって打ち返した。あんたと違って、俺は地べたにたたきつけられ踏みにじられたところで生を受け、貧困や病気や差別や不平等の中で生きてきた。自分の英語を直訳すればこうなる。早口でしかも発音の悪い英語が芝河に通じたかどうか分らない。芝河はしゃべりだした。エスタブリッシュメントになろうと思ってもなれない人間、民衆、思いが昂じたのか芝河は私の手を握り people と言ったきり絶句した。私を見つめたまま、涙声で、われわれを embrace してくれるしわれわれが embrace しなくてはならないんだ、と言う。

芝河がウォンジュにもどったのは国風81の始まる前の日だった。

国風はソウルという爆発的なカーニヴァル空間の中に、漢江の中洲・汝矣島を元に新たなカーニヴァル空間を現出する意図を持った画期的な試みだった。韓国の中に色濃くある広場《マダン》という発想と、市場や大都会に人口が集中する原因でもあるだろうと推測できる集合的個我の強い韓国人の性格、共同共生の思想、一つを選別するのでなくあれもこれもよいという興趣のポリフォニー的性格、無から有がとび出し有から無がとび出す創造と破壊の混在した（ハングルがそうだ）力の強さ、マルクスがここを知っていたなら貨幣論に新たな章が加わったであろう一種物々交換にも似た貨幣に対する物の優位、意味されるものの優位、交換の重要性。私は国風の会場にいてあらゆる方向からの韓国からのメッセイジを受けとめていたと思う（ハングルとウォン〔貨幣〕、どこか似ているのだ。これは別の時に論じてみる）。面白く楽しく、書けばきりのない事をしでかし、ただひたすらわが狂気だけを信じ、カーニヴァルが終ったらぐったり疲れ、それで全州に逃げ出すように旅をしたのだった。

全州について次の日、朝飯を食べにいくと食堂の中から、おう、ケンジ、と呼びとめる者がいる。見ると、ウォンジュに帰ったはずの金芝河がいる。おどろき、しばしの別れだったがなつかしさがこみあがるが全州の全北大学の張教授やボクシングの元選手だった金氏、三星の陸氏、文化放送の人と朝食を取る予定になっていたので昼に旅館に電話をくれと別れた。食事をしてからホテルでコーヒーを飲み、張教授に折りしも行われていた全州のパンソリの名人会のスケジュールを調べてもらい美術館に行き、さあ、これからパンソリをききに会場へ行こうと車に乗り込み細道をスピード落として走っていると、向こうから二人連れが歩いてくる。見ると、また、金芝河だ。私は観念して人との出会いとはこんなものだとあきらめ、前日、旧知の時調《シジョ》の第一人者であるやはり全北大学の崔勝範教授と会場で会う予定もすっぽかし、スケジュールを調べてくれた張教授にわびて、パンソリの一日目を棒に振る事にした。タクシーに乗り、金芝河と私と演出家の在日韓国人の三人で、昼から酒を飲ましてくれる店にとび込んだ。どうして全州にいるのだと訊くと、一人で方々を旅行してまわっているのだ、と言う。監視する人間がついていないのか、と訊くと、そんなものついているはずがないと言い、おまえこそどうして全州にいるのだと訊く。国風で騒ぎすぎて疲れたし、オンマがあんまりひらめきすぎているので小説を書きにトンズラして来た、酒を飲みすぎたよと言って、酒を飲む。あの人は悪魔とマリアの間を行ったり来たりするんだ、私がそう言うと、俺もそう思うと笑う。今度はそれまで黙っていた演出家がその芝河の言葉をどう取ったのか、韓国語で、おまえはアボジに楯つきやがって、とアボジの意味、韓国という国の意味をしゃべり出し、芝河が、こいつはファシストか、と私に訊く。違う、と言うと、演出家に韓国語でしゃべりはじめる。そのあたりでいまさっきまで洗濯していたような大年増と言っていい女らが五人どやどやと入って来て取り囲み、いいカモがやって来たというように洋酒を頼み、男三人、もっぱらショウチュウを飲んで大声を出して歌い、太鼓にあわせて踊り、店を出る時は三人のサイフ、すべてはたいてまだ足りないのをかんべんしてもらった。

芝河とはその日以降全州で会わなかったが、全州での十日間は次々と予期せぬ偶然の連続で夢のように過ぎた。泊った旅館もよかった。川辺へ魚を食いに出かけるとパンソリの若手実力者に出喰わし、演出家が顔見知りだった事もあって、川辺で即興のパンソリの宴が出来、その日、それなら本場へ行こうと元ボクサーでスポーツジムも経営している金氏に連れられて、「春香伝」の舞台南原に行く。架空の物語「春香伝」であるが、邸が建ち、ここから男が春香を見染めたという池の端の回廊に立つと、物語そのものが舞い上る気がする。南原は日帝時代の悲劇のあった町でもあるが、酒の席で再度、「春香伝」を歌ってもらうと古い物語とその上に折り重なった物語が入り混じり幾つにも読解出来る書物が浮び上る。物語が可視の状態であるのもこの韓国の特筆すべき魅力だった事を今さらながら思い出し、いつの日か、全州を舞台に取り小説を書きたいと再度、確認した次第だ。

全州の旅からもどって五ヵ月住んだ汝矣島のアパートを払い、ホテルに移ったのだった。それからじょじょに酒をひかえ、朝、ホテルのカフェテリアに坐ってノートを取り、物を考えている。異国人である自分が物質化された悲しみのように見える。小説家の生活にもどったと形の上から言えるが、韓国に関してもノートにメモする事が膨大にあるのに、韓国が理解の届かない距離に行ってしまった気がして、すぐさま外にとび出し、歩き廻りたい衝動がうずく。歩き廻っていないと韓国が鳥のように翔び去る気がする。いや韓国は鳥のように翔び去っているのだ。ただ私がノートを置いて外に出るや、その鳥である韓国はすぐさま舞い降りてくる。その韓国なのか、日本なのか、それともアメリカでなのか大兄に再会する場所は分らないが、互いに過激に突っ走っている事は確かだという事から二人の話の糸口は始まるなと思いながら取りあえず筆を置く。（ソウルにて）

［「韓国文芸」一九八一年秋号］

【参考資料】

熊野大学の再創出

柄谷行人

私が初めて新宮を訪れたのは、中上健次が亡くなる三日前であった。生前の中上から何度も誘われたにもかかわらず、ついに行かなかった。何となく億劫だったのだ。中上の死後、新宮に頻繁に行くようになったのは、それを償う気持があったからである。

「熊野大学」は中上が創始したもので、中上の高校の同級生や俳句グループの人たちがやっていた。それはもともと地味なサークルであった。私が熊野大学にかかわるようになったのは、つぎのような事情からである。私は中上健次の全集を編纂するために、浅田彰や渡部直己らと協議を重ねたが、それをもっと公開的にやったらどうかと考えた。また、全集刊行のキャンペーンを兼ね、多くの講師を招いてシンポジウムを開く、それを熊野大学という場で行う、ということを思いついたのである。

その時、「熊野大学」そのものについてはあまり考えていなかった。中上健次を宣伝することが焦眉の課題であったから。だから、全集が完了し七回忌を終えたころに、やめようと思った。実際、そのあと、しばらく行かなかった。ただ、その間、渡部直己が地味な会合を続けていた。それでまた、私も参加するようになった。ただ、中上研究だけでは、シンポジウムを続けられない。中上と関連する、もっと広い主題でやろうということになった。高澤秀次が企画を練り講師を集めた。しかし、それも五、六年やると、種が尽きてしまった感がある。これ以上はできない、と私は思った。

そういうわけで、私は、「熊野大学」をどういうものにするかについて、確たるヴィジョンがなかった。中上が考えていた「熊野大学」はこんなものではないのじゃないか、という気持がたえずあった。私が気にしていたのは、東京からどっと物書きが押しかけて、本来の「熊野大学」が消されてしまったのではないか、ということである。われわれの熊野大学には、地元とのつながりがなかった。炎天下の野球の試合（そこでは私は講師ではなく投手であった）だけが、新宮の市民とのつながりであったかもしれない。

しかし、いつのまにか、われわれの熊野大学からも多くの若い人たちが育ってきた。中でも、ほかならぬ中上健次の長女が作家として育ってきた。中上が死去した時点では夢にも思わなかったことだ。私は、この人たちが、また新たな参加者らが、これまでとは違った「熊野大学」を創り出せるのではないかと思う。また、それを切に願っている。

（二〇〇九年五月十四日）

解説

高澤秀次

一九六八年の奇蹟

「君の素材は豊富さ」「だけど、オレには別の素材があるんだよ」

柄谷行人と中上健次との出会いは、一九六八年、当時東京新宿・紀伊國屋ビルの五階にあった『三田文学』編集室においてであった。編集長の遠藤周作が、群像新人文学賞の落選組をスカウトしようとして呼び出しをかけたのだ。因みにこの年の本賞は、選考委員(野間宏・安岡章太郎・大江健三郎・江藤淳)の圧倒的な支持により、大庭みな子の「三匹の蟹」が獲得、二人の作品は最終選考に残ったものの、優秀作にも引っかからなかった。

中上の応募作品はベトナム戦争のさなか、日本に駐留する米兵と、学生運動にアルバイトで雇われ、脱走を唆《そそのか》す学生とのちぐはぐなコミュニケーションを描いた「日本語について」(『中上健次全集1』所収)。江藤淳は選評で作品の内容には触れず、その怪しげな「英語」について、「小説に英語の会話を挿入するなら、ちゃんとした英語にしてもらいたい。わざとピジン・イングリッシュを使いたければ、ちゃんとした(！)ピジン・イングリッシュを使ってもらわなければ困るのである」と突き放している。当選を信じて疑わなかった中上は、発表当日まんじりともせずに自宅アパートで通知を待っていたという。

一方、柄谷行人の応募作は「〈批評〉の死」というタイトルで、内容は確かめようがないが、同じく江藤が、「一種の才気を感じさせたが、桑原武夫の大ざっぱな論を大前提においで論を立てているところがまず第一の弱点」とコメントしている。因みに柄谷行人は、その前年も「表現論序説」で落選、三回目の応募となった六九年の「〈意識〉と〈自然〉──漱石試論」(『畏怖する人間』収録に当たって全面改稿)が評論当選作となった。

『三田文学』編集室での二人の運命的な出会いについては、最初の対談、「文学の現在を問う」でも語られている。よほどその第一印象が強烈だったのか、中上は初期のエッセイ「わが友　柄谷行人」(『鳥のように獣のように』所収)で、出されたせんべいに手をのばして、ぽりぽり音をたてさせながら、遠藤周作を煙に巻く「若い男」(柄谷行人)にまず「敵意を感じた」と語っている。この時、席を立とうとする中上に、「ぼくもいっしょに」と声をかけたのは柄谷の方だった。二人はそのまま、階下の喫茶店に移動する。

当時紀伊國屋ビルには、「ブルックボンド」という店があり、文学青年たちの溜まり場になっていた。「ひじのところは両方すりきれ、水色が垢で灰色」（「わが友　柄谷行人」）に変色したセーターを着た中上は、五歳年上の相手を「キミ」呼ばわりする。柄谷行人はこの生意気な、「フンドシかつぎみたいなやつ」（「文学の現在を問う」）は何者だろうと思った。だが互いの日頃の憂さを晴らすように、同時代の文学をこき下ろし始めるやたちまち意気投合する。

「昭和元禄」ムードの高度成長期、知に餓えたおよそ対極にある二人が、文学の新時代を切り開く稀有な出会いをしたのだ。東大出の六〇年安保世代と、街を大学とした高卒の六八年世代。せんべいを囓りながら、臆することなく初対面の遠藤を煙に巻く青二才柄谷に対し、せんべいに手が出ず、場違いに狼狽《うろた》えるフンドシカツギ中上は、自ら語るように、「紀州出の弁慶が手あたり次第に本を読んだ」（「小林秀雄を超えて」）ような男だった。

学園紛争たけなわのこの年、柄谷行人は日本医科大学の専任講師となり、また同年に父親を亡くしている。院生（東大英文科修士課程）時代の三年前には結婚、長男誕生が六九年だから人生の転機にあったことが分かる。独身の中上健次は、親元からの仕送りに頼る東京でのフーテン生活の最後の時期に当たっていた。年譜に関する事実では、新宿のジャズ喫茶にたむろしながら、新左翼学生運動にも潜り込んでいた中上の転回を促す事件が、二十二歳を前にしたこの六八年の夏に、故郷・和歌山県新宮市で起きている。後に芥川賞受賞作「岬」に取り入れられる、二番目の姉の義兄が被害者となった殺人事件であった。

それから「岬」を書くまでに、中上は七年もの時間を費やしている。「すごく急いで、それでいてすごく時間かかってる男」（「文学の現在を問う」）というのが、間近で作家の誕生に立ち会った柄谷行人の評言である。それ以前、「フーテン小説」を書いていた頃の中上作品をあまり買っていなかったと語る彼は、「十九歳の地図」を初めて評価に値する小説として認めた。文壇デビュー作「一番はじめの出来事」（六九年）から四年後、最初の芥川賞候補作品である。

柄谷はこの作品で中上が、「自らの呼吸に合った、いいかえれば自らの生と思考のスタイルに合致する文体を獲得した」（『十九歳の地図』書評」）と評価、さらに「暴力的なものと繊細なもの、神話的なものと知的なものへの感覚を両義的にそなえた」、「まれにみる可能性を胚んだ作家」であると、異例のオマージュを捧げている。

その芽が出る以前、柄谷行人はヒッピー・ムーブメントやドラッグ・カルチャーに造詣の深い異端のアメリカ文学者・蟻二郎を中上に引き合わせている。彼が持て余していた紀州熊野の風土を背景とする、神話的なスケールの素材に、蟻二郎の捉えたフォークナーの世界をぶつけてみることで、何かが生まれるかも知れないという予感からだ。

その主著『フォークナーの小説群』には、柳田国男の民俗学を補助線に、「南北戦争」後のアメリカ南部を舞台とした、フォークナーの神話的な奥行きをもった作品世界を解読するヒントが埋め込まれていた。これを読んだ中上健次が、例えば次のような一節に引き込まれたであろうことは想像に難くない。

「南北戦争の挫折により「公認されざる神」に堕するのはひとり『騒音と怒り』の家父長ジェイスン・コンプソンだけではない。……（略）……フォークナーの諸作品に登場する父親たち、即ち過去南部の**年代性**の担い手であった家父長たちは、その目立った一番杙《ぐい》の存在ゆえに最もこっぴどく打たれ、手一本、脚一本もがれ、片眼を抉りぬかれた柳田国男の『一目小僧』のようにされてしまう。家父長についで苛酷に打たれる二番杙《ぐい》は長男嫡子であり、その被害のむごたらしさは、Ⅱ章のクエンティンの文体がもつ濃密で謎めいたながながしさによく暗示されている」（蟻二郎『フォークナーの小説群』）

やがて中上は、新宮の医師らを巻き込んだ「大逆事件」が、「架空の南北戦争」（「私の中の日本人―大石誠之助」）であり、「熊野、紀州が経験した戦争とはあの大逆事件でしかない」（「物語の系譜　佐藤春夫」）ことに覚醒、一連のサーガ（物語群）の原点に据える。さらに『枯木灘』では、中世日本の宗教戦争「一向一揆」の挫折により、「公認されざる神」に堕《だ》した「浜村孫一」を父祖とする「浜村龍造」を造型するのである。

ただそこには、個人的な影響にとどまらない時代潮流が作用していた。同世代の津島佑子の証言によれば、その頃若手の作家たちは、「レヴィ・ストロースなどから刺激を受けて、柳田国男、折口信夫、南方熊楠を熱心に読み、どこの国のものであれ、叙事詩だ、神話だと見ると飛びつき」、「行き詰まった西欧の理知的な文学に替わる、土俗から生まれた魔術的な新しい文学」を貪欲に模索していた(「アニ中上健次の夢」)。これは、近著『黄金の夢の歌』で、その志をまっとうした作家の証言だけに感慨深いものがある。

さらに津島は、当時中南米文学が熱狂的に迎えられたのを、日本だけではない世界的な現象だったと語る。そのことの意味は、フォークナーを通過して登場したガルシア・マルケスと中上健次が、文学世界に与えた衝撃の同時代性によって確かめられる。

中上はその後、国内で文学的な一人二役を引き受けることになる。柄谷行人は、中上による私小説と物語の系列の双方へのジャンル的闘争について、作家の死後、「彼は私小説と物語の両方を内在的に超えようとしたのだ」(「三十歳、枯木灘へ」)と語っている。「そうした両極を所有し、且つそれらを越えたところに「小説」を考えていた。それが彼のいう「物語批判」なのである」(「『小説』の位相」、講談社文芸文庫『化粧』解説)とも。

右の「解説」で、「たえず歴史的な状況にいた中上を、非歴史的な構造論に回収する」ことを警戒する柄谷は、「むしろ中上を自然主義や私小説といった軸の側に引き戻して見る必要を感じる」と語っている。だが、柄谷行人の文学「批判」には、当然その裏があった。

読者はここで、七八年に行われた最初の対談で、柄谷がこれとは逆に中上の小説を「自然主義」に還元する向きに対し、「農民(の土)」がまったく出てこない中上文学の「肉体性」が、そうした近代文学の系譜との「差異性」に支えられていることを指摘しているのを想起すべきだろう。あるいは、『枯木灘』を「素材」では書けない、「思想的な小説」と評していたことを。

そう語る柄谷自身、資質的に「本を読んだだけじゃ出てこない」（「文学の現在を問う」）素材を持った批評家だった。しかもそれは、中上健次という異物との遭遇によって初めて掘り起こされ、そこから両者の非対称的な「協働」が可能になったのではないか。『世界史の構造』の四つの交換様式に即して言えば、中上健次の作品行為とは、神話（A）から物語（B）へ、物語（B）から小説（C）への歴史的自然過程に抗う、近代小説批判であり、同時に物語の定型＝構造批判だった。そして彼は、熊野という神話的風土に根ざしつつ、そこからの離脱をも引き受け、未曾有の文学様式X＝（D）を欲望する〝崩れと成長〟の変成のただ中で倒れたのだ。本書の全対話と手紙からは、一九六八年の出会いの奇蹟と二人の「協働」の軌跡が、なお温もりを保った言葉として瑞々しく甦ってくる。

柄谷行人（からたに・こうじん）

一九四一年、兵庫県生まれ。評論家。一九六五年、東京大学経済学部卒業。六七年、同大学大学院英文学修士課程修了。法政大学教授、近畿大学教授、コロンビア大学客員教授など歴任。また、批評誌「季刊思潮」「批評空間」を創刊。主な著書に『畏怖する人間』『意味という病』『マルクスその可能性の中心』（亀井勝一郎賞）『隠喩としての建築』『日本近代文学の起源』『坂口安吾と中上健次』『倫理21』『トランスクリティーク』『近代文学の終り』『世界史の構造』等多数。

中上健次（なかがみ・けんじ）

一九四六年、和歌山県生まれ。小説家。新宮高校卒。一四歳の時に生徒会誌に「帽子」を発表以来、詩、戯曲、小説を執筆。一九七六年、『岬』で芥川賞、七七年、『枯木灘』で毎日出版文化賞、芸術選奨文部大臣賞新人賞を受賞。アメリカ、熊野、ソウルを廻り旺盛な作家活動を繰り広げる。九〇年からは熊野大学を開講。主な著書に『十九歳の地図』『蛇淫』『地の果て 至上の時』『熊野集』『異族』等多数。ガンのため故郷新宮に戻り、一九九二年八月一二日逝去。

本書の、「文学の現在を問う」「小林秀雄を超えて」は『ダイアローグ　I』（第三文明社　一九八七年七月）、「批評的確認―昭和をこえて」は『中上健次発言集成3』（第三文明社　一九九六年九月）、「路地の消失と流亡」は『中上健次発言集成4』（第三文明社　一九九七年二月）、「中上健次への手紙」は『隠喩としての建築』（講談社学術文庫　一九八九年三月）、「柄谷行人への手紙」は『中上健次全集15』（集英社　一九九六年八月）、「熊野大学の再創出」は「柄谷行人公式ウェブサイト」を底本としました。

柄谷行人《からたにこうじん》中上健次《なかがみけんじ》全対話《ぜんたいわ》

柄谷行人《からたにこうじん》／中上健次《なかがみけんじ》

二〇一一年四月 八 日第一刷発行
二〇二四年三月二一日第六刷発行

発行者——森田浩章
発行所——株式会社 講談社
東京都文京区音羽2・12・21 〒112-8001
電話 編集（03）5395・3513
販売（03）5395・5817
業務（03）5395・3615

デザイン——菊地信義
印刷——株式会社KPSプロダクツ
製本——株式会社国宝社
本文データ制作——講談社デジタル製作

定価はカバーに表示してあります。

講談社
文芸文庫

ISBN978-4-06-290120-8

講談社文芸文庫

青木淳選——建築文学傑作選　青木 淳——解
青山二郎——眼の哲学|利休伝ノート　森 孝——人／森 孝——年
阿川弘之——舷燈　岡田 睦——解／進藤純孝——案
阿川弘之——鮎の宿　岡田 睦——年
阿川弘之——論語知らずの論語読み　高島俊男——解／岡田 睦——年
阿川弘之——亡き母や　小山鉄郎——解／岡田 睦——年
秋山 駿——小林秀雄と中原中也　井口時男——解／著者他——年
芥川龍之介-上海游記|江南游記　伊藤桂一——解／藤本寿彦——年
芥川龍之介 谷崎潤一郎-文芸的な、余りに文芸的な|饒舌録ほか 芥川vs.谷崎論争　千葉俊二編　千葉俊二——解
安部公房——砂漠の思想　沼野充義——人／谷 真介——年
安部公房——終りし道の標べに　リービ英雄-解／谷 真介——案
安部ヨリミ-スフィンクスは笑う　三浦雅士——解
有吉佐和子-地唄|三婆 有吉佐和子作品集　宮内淳子——解／宮内淳子——年
有吉佐和子-有田川　半田美永——解／宮内淳子——年
安藤礼二——光の曼陀羅 日本文学論　大江健三郎賞選評-解／著者——年
李良枝——由煕|ナビ・タリョン　渡部直己——解／編集部——年
李良枝——石の聲 完全版　李 栄——解／編集部——年
石川 淳——紫苑物語　立石 伯——解／鈴木貞美——案
石川 淳——黄金伝説|雪のイヴ　立石 伯——解／日高昭二——案
石川 淳——普賢|佳人　立石 伯——解／石和 鷹——案
石川 淳——焼跡のイエス|善財　立石 伯——解／立石 伯——年
石川啄木——雲は天才である　関川夏央——解／佐藤清文——年
石坂洋次郎-乳母車|最後の女 石坂洋次郎傑作短編選　三浦雅士——解／森 英一——年
石原吉郎——石原吉郎詩文集　佐々木幹郎-解／小柳玲子——年
石牟礼道子-妣たちの国 石牟礼道子詩歌文集　伊藤比呂美-解／渡辺京二——年
石牟礼道子-西南役伝説　赤坂憲雄——解／渡辺京二——年
磯崎憲一郎-鳥獣戯画|我が人生最悪の時　乗代雄介——解／著者——年
伊藤桂一——静かなノモンハン　勝又 浩——解／久米 勲——年
伊藤痴遊——隠れたる事実 明治裏面史　木村 洋——解
伊藤痴遊——続 隠れたる事実 明治裏面史　奈良岡聰智-解
伊藤比呂美-とげ抜き　新巣鴨地蔵縁起　栩木伸明——解／著者——年
稲垣足穂——稲垣足穂詩文集　高橋孝次——解／高橋孝次——年
井上ひさし-京伝店の烟草入れ 井上ひさし江戸小説集　野口武彦——解／渡辺昭夫——年

▶解=解説　案=作家案内　人=人と作品　年=年譜を示す。　2024年3月現在

講談社文芸文庫

井上靖——補陀落渡海記 井上靖短篇名作集　曾根博義——解／曾根博義——年
井上靖——本覚坊遺文　高橋英夫——解／曾根博義——年
井上靖——崑崙の玉|漂流 井上靖歴史小説傑作選　島内景二——解／曾根博義——年
井伏鱒二—還暦の鯉　庄野潤三——人／松本武夫——年
井伏鱒二—厄除け詩集　河盛好蔵——人／松本武夫——年
井伏鱒二—夜ふけと梅の花|山椒魚　秋山 駿——解／松本武夫——年
井伏鱒二—鞆ノ津茶会記　加藤典洋——解／寺横武夫——年
井伏鱒二—釣師・釣場　夢枕 獏——解／寺横武夫——年
色川武大—生家へ　平岡篤頼——解／著者——年
色川武大—狂人日記　佐伯一麦——解／著者——年
色川武大—小さな部屋|明日泣く　内藤 誠——解／著者——年
岩阪恵子—木山さん、捷平さん　蜂飼 耳——解／著者——年
内田百閒—百閒随筆 II 池内紀編　池内 紀——解／佐藤 聖——年
内田百閒—[ワイド版]百閒随筆 I 池内紀編　池内 紀——解
宇野浩二—思い川|枯木のある風景|蔵の中　水上 勉——解／柳沢孝子——案
梅崎春生—桜島|日の果て|幻化　川村 湊——解／古林 尚——案
梅崎春生—ボロ家の春秋　菅野昭正——解／編集部——年
梅崎春生—狂い凧　戸塚麻子——解／編集部——年
梅崎春生—悪酒の時代 猫のことなど —梅崎春生随筆集—　外岡秀俊——解／編集部——年
江藤淳——成熟と喪失 —"母"の崩壊—　上野千鶴子-解／平岡敏夫——案
江藤淳——考えるよろこび　田中和生——解／武藤康史——年
江藤淳——旅の話・犬の夢　富岡幸一郎-解／武藤康史——年
江藤淳——海舟余波 わが読史余滴　武藤康史——解／武藤康史——年
江藤淳
蓮實重彥—オールド・ファッション 普通の会話　高橋源一郎-解
遠藤周作—青い小さな葡萄　上総英郎——解／古屋健三——案
遠藤周作—白い人|黄色い人　若林 真——解／広石廉二——年
遠藤周作—遠藤周作短篇名作選　加藤宗哉——解／加藤宗哉——年
遠藤周作—『深い河』創作日記　加藤宗哉——解／加藤宗哉——年
遠藤周作—[ワイド版]哀歌　上総英郎——解／高山鉄男——案
大江健三郎-万延元年のフットボール　加藤典洋——解／古林 尚——案
大江健三郎-叫び声　新井敏記——解／井口時男——案
大江健三郎-みずから我が涙をぬぐいたまう日　渡辺広士——解／高田知波——案
大江健三郎-懐かしい年への手紙　小森陽一——解／黒古一夫——案

大江健三郎-静かな生活	伊丹十三——解／栗坪良樹——案
大江健三郎-僕が本当に若かった頃	井口時男——解／中島国彦——案
大江健三郎-新しい人よ眼ざめよ	リービ英雄-解／編集部——年
大岡昇平——中原中也	粟津則雄——解／佐々木幹郎-案
大岡昇平——花影	小谷野 敦-解／吉田凞生——年
大岡 信——私の万葉集一	東 直子——解
大岡 信——私の万葉集二	丸谷才一——解
大岡 信——私の万葉集三	嵐山光三郎-解
大岡 信——私の万葉集四	正岡子規——附
大岡 信——私の万葉集五	高橋順子——解
大岡 信——現代詩試論|詩人の設計図	三浦雅士——解
大澤真幸——〈自由〉の条件	
大澤真幸——〈世界史〉の哲学 1 古代篇	山本貴光——解
大澤真幸——〈世界史〉の哲学 2 中世篇	熊野純彦——解
大澤真幸——〈世界史〉の哲学 3 東洋篇	橋爪大三郎-解
大西巨人——春秋の花	城戸朱理——解／齋藤秀昭——年
大原富枝——婉という女|正妻	高橋英夫——解／福江泰太——年
岡田 睦——明日なき身	富岡幸一郎-解／編集部——年
岡本かの子-食魔 岡本かの子食文学傑作選 大久保喬樹編	大久保喬樹-解／小松邦宏——年
岡本太郎——原色の呪文 現代の芸術精神	安藤礼二——解／岡本太郎記念館-年
小川国夫——アポロンの島	森川達也——解／山本恵一郎-年
小川国夫——試みの岸	長谷川郁夫-解／山本恵一郎-年
奥泉 光——石の来歴|浪漫的な行軍の記録	前田 塁——解／著者——年
奥泉 光 群像編集部 編-戦後文学を読む	
大佛次郎——旅の誘い 大佛次郎随筆集	福島行一——解／福島行一——年
織田作之助-夫婦善哉	種村季弘——解／矢島道弘——年
織田作之助-世相|競馬	稲垣眞美——解／矢島道弘——年
小田 実——オモニ太平記	金 石範——解／編集部——年
小沼 丹——懐中時計	秋山 駿——解／中村 明——案
小沼 丹——小さな手袋	中村 明——人／中村 明——年
小沼 丹——村のエトランジェ	長谷川郁夫-解／中村 明——年
小沼 丹——珈琲挽き	清水良典——解／中村 明——年
小沼 丹——木菟燈籠	堀江敏幸——解／中村 明——年

講談社文芸文庫

小沼丹	藁屋根	佐々木 敦—解／中村 明—年
折口信夫	折口信夫文芸論集 安藤礼二編	安藤礼二—解／著者—年
折口信夫	折口信夫天皇論集 安藤礼二編	安藤礼二—解
折口信夫	折口信夫芸能論集 安藤礼二編	安藤礼二—解
折口信夫	折口信夫対話集 安藤礼二編	安藤礼二—解／著者—年
加賀乙彦	帰らざる夏	リービ英雄—解／金子昌夫—案
葛西善蔵	哀しき父|椎の若葉	水上 勉—解／鎌田 慧—案
葛西善蔵	贋物|父の葬式	鎌田 慧—解
加藤典洋	アメリカの影	田中和生—解／著者—年
加藤典洋	戦後的思考	東 浩紀—解／著者—年
加藤典洋	完本 太宰と井伏 ふたつの戦後	與那覇 潤—解／著者—年
加藤典洋	テクストから遠く離れて	高橋源一郎—解／著者・編集部—年
加藤典洋	村上春樹の世界	マイケル・エメリック—解
加藤典洋	小説の未来	竹田青嗣—解／著者・編集部—年
加藤典洋	人類が永遠に続くのではないとしたら	吉川浩満—解／著者・編集部—年
金井美恵子	愛の生活|森のメリュジーヌ	芳川泰久—解／武藤康史—年
金井美恵子	ピクニック、その他の短篇	堀江敏幸—解／武藤康史—年
金井美恵子	砂の粒|孤独な場所で 金井美恵子自選短篇集	磯﨑憲一郎—解／前田晃—年
金井美恵子	恋人たち|降誕祭の夜 金井美恵子自選短篇集	中原昌也—解／前田晃—年
金井美恵子	エオンタ|自然の子供 金井美恵子自選短篇集	野田康文—解／前田晃—年
金子光晴	絶望の精神史	伊藤信吉—人／中島可一郎—年
金子光晴	詩集「三人」	原 満三寿—解／編集部—年
鏑木清方	紫陽花舎随筆 山田肇選	鏑木清方記念美術館—年
嘉村礒多	業苦|崖の下	秋山 駿—解／太田静一—年
柄谷行人	意味という病	絓 秀実—解／曾根博義—案
柄谷行人	畏怖する人間	井口時男—解／三浦雅士—案
柄谷行人編	近代日本の批評 Ⅰ 昭和篇上	
柄谷行人編	近代日本の批評 Ⅱ 昭和篇下	
柄谷行人編	近代日本の批評 Ⅲ 明治・大正篇	
柄谷行人	坂口安吾と中上健次	井口時男—解／関井光男—年
柄谷行人	日本近代文学の起源 原本	関井光男—年
柄谷行人 中上健次	柄谷行人中上健次全対話	高澤秀次—解
柄谷行人	反文学論	池田雄一—解／関井光男—年